FOLIO JUNIOR

Alexandre Jardin

La Révolte des Coloriés

Sans adultes
Tome I

Illustré par Ingrid Monchy

Folio Junior/Gallimard Jeunesse

PROLOGUE

Les enfants qui ont changé la face du monde ne sont pas nombreux. Ari Chance fut de ceux qui eurent ce bol-là. Il faut dire qu'il débuta très tôt dans la vie, à l'âge de dix ans. Son aventure le place évidemment parmi les *grands enfants* de l'Histoire (celle qu'on raconte dans les manuels scolaires) – même si Ari reste encore ignoré par les historiens officiels. Mais pourquoi ces gens sérieux croient-ils que les plus jeunes ne comptent pas ? Si l'on réparait cette injustice en élevant des statues d'Ari sur les places d'Europe et d'Amérique, ce mioche génial passerait sans peine pour un Spartaculus moderne, un Gandhi en culottes courtes ou un Martin Luther King junior. Spartacus, le vrai, tenta d'affranchir les esclaves de l'Empire romain en 73 av. J.-C. Le pacifique Gandhi consacra plus de trente années (de 1917 à 1948) à libérer l'Inde de la domination crispante des Anglais. Luther King devint la voix des Noirs américains. Ari Chance, lui, délivra les enfants de son pays du joug intolérable des grandes personnes en 1980. Avec humour, il botta le cul de ces commandeurs culottés qui, chez lui comme ailleurs, se croient tout permis avec les enfants. C'est Ari qui fonda la première civilisation sans adultes, une société toujours en vacances qui prouve que les parents ne sont pas vraiment nécessaires. Pourtant, rien ne prédisposait ce garçonnet pas crâneur du tout à jouer un rôle historique pareil. A vrai dire, Ari était même au départ ce qu'on appelle un mal-parti.

A. J.

I
NAISSANCE D'UNE NATION

1

Le 18 janvier 1980, Ari Chance quitta sa maison plus tôt que d'habitude pour se rendre à l'école de son île. Il en avait gros sur le cœur et n'était vraiment pas d'humeur à rigoler. Le 18 janvier, c'était la date de son anniversaire ; mais personne, ce matin-là, n'avait même songé à lui souhaiter ses dix ans. Comme tous les jours, son père obèse et blond avait embrassé les chiens de la famille mais pas lui. M. Chance était si gros qu'il paraissait vouloir montrer jusqu'où la peau humaine peut se déformer en s'étirant. Ses lèvres excessives et molles s'étaient posées sur la truffe tiède des bêtes en négligeant volontairement les joues fraîches d'Ari. M. Chance ignorait totalement depuis sa naissance le gamin roux et ne prononçait le prénom d'Ari qu'avec dégoût, comme s'il avait avalé un fruit ignoble. Sa mère s'était montrée venimeuse à l'égard d'Ari dès qu'elle était entrée dans la cuisine pour préparer le petit déjeuner. L'œil perçant, embusqué sous des arcades sourcilières de guenon, Mme Chance avait rajusté sa perruque en postillonnant :

– Ari, tu seras gentil de sortir les ordures et de nettoyer ensuite les toilettes. Ça c'est pour *ton* plaisir, mon petit chéri ! Ensuite je te punirai... pour *mon* plaisir. Chacun son tour !

Cette sortie sadique avait paru l'enchanter.

Chaque fois que sa mère blessait Ari gratuitement, elle gloussait avec satisfaction ; comme si faire du mal à son fils lui avait procuré une joie particulière,

presque du bien-être. Pour son plus grand malheur, Ari persistait à espérer de cette femme insensible un mouvement tendre, un geste maternel qui ne venait jamais.

– Je sais que je suis loin d'être parfait, mais qu'est-ce que j'ai encore fait ? avait plaisanté Ari.

– *Encore...*, avait-elle repris à la volée. Tu reconnais donc que tu commets des fautes à répétition. Tes mots te trahissent, petit idiot !

– Qu'est-ce que j'ai fait ? avait rectifié Ari en se raidissant.

– Des bêtises que tu m'as certainement cachées, avait-elle répondu en disposant trois couverts. (Mme Chance oubliait toujours la place d'Ari.) Vicieux comme tu es !

– Quoi, par exemple ? avait demandé l'enfant en allant chercher son bol et sa cuillère.

– Je te punirai de m'avoir caché ce que j'ignore encore. Et souris un peu, au lieu de faire tout le temps cette tête d'animal battu. Prends exemple sur ton frère, abruti !

Ari avait encaissé cette phrase rituelle. Depuis toujours, sa mère lui préférait ouvertement Casimir, son grand frère blond qui le raillait sans cesse. A Noël, Casimir avait droit à de rutilants soldats de plomb ou à des jouets de prix ; tandis qu'Ari devait se contenter des emballages en carton devant lesquels il rêvait. Ari n'avait jamais porté que les vêtements usés de son aîné, avait toujours été servi à table après lui (le blanc du poulet échappait à Ari tous les dimanches) et ne mangeait du dessert que lorsque Casimir consentait à lui en laisser quelques miettes. Quand M. et Mme Chance sortaient le soir, ils *oubliaient* systématiquement Ari alors que Casimir, exhibé avec fierté, paradait dans toutes les fêtes.

Ari le mal-aimé savait donc ce que c'était que la véritable injustice. Hors de lui, il avait explosé ce jour-là en déplorant son sort :

– Ce matin c'est mon anniversaire, et personne me le souhaite ! J'existe !

A la stupeur de tout le monde, son père avait refermé la cage à oiseaux d'un coup sec (enfermer les piafs était la seule passion de M. Chance), et s'était tourné vers son fils.

– J'existe ! avait répété Ari.

Quittant brusquement sa réserve coutumière, M. Chance avait répliqué avec une violence extraordinaire :

– Hélas ! Écoute-moi bien, microbe : ton anniversaire me donne envie de vomir chaque année. Si ta mère ne m'avait pas trahi avec un marin velu comme un singe il y a onze ans, personne ne t'appellerait le Gorille. Tu serais un véritable Chance, comme ton frère qui, lui, a le mérite de me ressembler ! Je n'y suis pour rien si tu es d'un sang infect, d'un sang étranger…

Mme Chance avait piqué un fard de honte et de colère. Elle n'avait jamais pu supporter Ari, cet enfant de la faute, et se mettait à bouillir chaque fois que son mari lui rappelait sa liaison coupable.

– Je crois que tu peux t'en aller, le Gorille, avait

ajouté Casimir sur un ton à la fois hautain et rogue. Il me semble que tu as assez dérangé tout le monde pour aujourd'hui… Ce que tu es nous gêne.

Pour clore la conversation, M. Chance avait précisé avec sécheresse :

– Ce soir, puisque c'est ton anniversaire Ari, tu dormiras avec les chiens. Ta place est auprès des bâtards… Auprès des corniauds de mauvaise race.

Mortifié, le Gorille était donc sorti de la maison en se retenant de sangloter devant sa famille. Depuis des années, Ari connaissait la vérité sur son origine. Toute l'île savait par cœur son histoire, l'aventure romanesque de sa mère, comment Mme Chance avait été séduite onze ans auparavant par un commandant irlandais de passage, un officier spirituel qui avait fière allure. Ari lui devait ses taches de rousseur, sa drôlerie et sa chevelure carotte, unique sur l'île. Mais c'était la première fois que M. Chance, petit et trapu comme un crapaud, crachait son venin en pleine figure d'Ari.

Accablé d'humiliation, rejeté par les siens, le jeune garçon traversa en courant le village encore endormi de l'île de la Délivrance. Honteux d'être le fruit d'une trahison, Ari souhaitait que personne ne le voie. Sa foulée était courte et lourde. Dans le Pacifique Sud, il fait toujours beau ; mais Ari Chance avait le sentiment qu'il pleuvait et que le temps s'était brusquement rafraîchi. Pourquoi les grandes personnes étaient-elles si féroces avec lui, et avec les enfants en général ? Pourquoi ses parents se vengeaient-ils sur lui d'événements dont il n'était pas responsable ? Ce matin-là, les adultes lui parurent un peuple hostile et dangereux, une espèce redoutable.

Sanglotant, Ari arriva en avance à l'école. M. Silhouette, l'instituteur, n'avait pas encore sonné la cloche. Par la fenêtre de la classe, Ari aperçut Claque-Mâchoire – c'était le surnom de M. Silhouette – qui déplaçait discrètement sa chaise roulante vers le tableau noir. Se croyant seul, son maître paralytique écrivit alors à la craie d'une main malhabile, en cherchant à imiter l'écriture hésitante d'un marmot : « Mort à Claque-Mâchoire et à tous les parents qui ne sont que des couilles molles. » Puis, avec un sourire malsain, Claque-Mâchoire dessina un pendu.

Ari en resta saisi. Comment M. Silhouette – qui prêchait chaque jour la politesse et la vertu – pouvait-il inscrire une chose pareille au tableau ? Pourquoi cet homme se permettait-il d'insulter les parents ? Il y avait dans cet acte incompréhensible un mystère qui laissa Ari perplexe.

A huit heures, M. Silhouette fit sonner la cloche. L'air de rien, il pria courtoisement les élèves en blouse grise de rentrer dans la classe, en feignant de ne pas voir le tableau. Tout de suite, les jeunes Délivrés (les habitants de la Délivrance se nomment ainsi) remarquèrent avec effroi ce qui avait été tracé à la craie derrière leur maître. Un silence sinistre s'abattit. Chacun craignait la réaction du terrible Claque-Mâchoire qui demanda de sa voix coupante :

– Qu'avez-vous à vous faire pardonner, mes chers petits anges, pour être aussi calmes ce matin ?

Personne n'osait desserrer les lèvres, pas même le grand Marcel qui d'ordinaire avait la langue bien pendue. Le professeur ajouta avec un sourire crispé :

– Je plaisantais… Cependant, je vous rappelle qu'il ne faut pas m'agacer les nerfs car que je suis allergique à toute contrariété. Si l'un d'entre vous s'avise seulement de me décevoir, ne fût-ce qu'un instant, je n'hésiterai pas à le…

Le silence que M. Silhouette marqua acheva d'épouvanter l'ensemble de la classe. Chacun eut le temps d'imaginer les sévices chinois que cette canaille était capable de réserver à ses jeunes contradicteurs.

– Vous n'ignorez pas la règle de cette école..., reprit Silhouette en souriant toujours. Quelle est-elle ?

Asphyxiés d'angoisse, les enfants craignaient d'articuler le moindre mot.

– Quelle est-elle ? hurla soudain le maître, gagné par l'hystérie, en saisissant une trique de bambou. Répondez, monsieur Chance !

Ari se leva ; mais il fut soudain fusillé du regard par Claque-Mâchoire qui, la bave aux lèvres, éructa :

– Pas toi le Gorille ! J'ai dit *monsieur Chance* ! Le vrai, le bon élève !

Tremblant, Casimir se dressa à son tour et récita d'une traite :

– *Rien de ce qui se passe ici ne doit être répété aux parents. Tout élève relève de la seule autorité de son maître.*

– Très bien ! Félicitations, mon petit Casimir ! lança M. Silhouette d'une voix soudain radoucie, presque enjôleuse.

Puis il ajouta, mielleux :

– Tu ne subiras pas la prochaine punition collective...

Le contraste entre la rage démoniaque qui venait de l'embraser et la douceur qui l'animait tout à coup acheva de paniquer l'auditoire. Les enfants ne savaient jamais si ce maître soupe au lait allait montrer la courtoisie de M. Silhouette ou les traits détestables et inquiétants de Claque-Mâchoire. Les enfants profitèrent toutefois de ce bref répit pour reprendre leur souffle.

C'est alors que l'instituteur fit pivoter son fauteuil roulant et aperçut la phrase incroyable qui barrait le tableau noir : « Mort à Claque-Mâchoire et à tous les parents qui ne sont que des couilles molles. »

Les instants qui suivirent parurent interminables aux écoliers qui ne pouvaient voir le visage de leur maître. Comment allait-il réagir cette fois ? Pendant plus d'une minute, il resta immobile et, brusquement, brisa sa trique puis demanda d'une voix claire :

– Qui a écrit cela ?

Personne ne répondit.

Ari savait que ces mots insolents avaient été tracés par M. Silhouette lui-même, sous ses yeux, un quart d'heure auparavant. Mais s'il l'avait révélé, qui l'eût cru ? Qui aurait accordé le moindre crédit à la parole du Gorille ? Qui l'aurait soutenu contre les accusations d'un instituteur qui jouissait de la confiance et de l'estime de toutes les grandes personnes de l'île ?

Toujours de dos, le maître répéta sa question en détachant bien chaque mot et en adoptant sa voix la plus doucereuse :

– Qui a osé écrire cela, mes petits biquets ?

Si M. Silhouette s'était retourné, les enfants auraient pu prévoir le risque encouru par le coupable (s'il osait se dénoncer) ; mais Claque-Mâchoire persistait à ne leur montrer que sa nuque de taureau qui formait des plis.

– Qui a écrit cela ? rugit-il soudain en restant de cire.

Ce face-à-face avec son dos avait quelque chose de pas drôle du tout. Tout le monde dans la classe craignait une explosion d'injures, une pluie de punitions, de sarcasmes humiliants et de révélations gênantes. Les *révélations*, c'était le grand truc de Claque-Mâchoire quand il voulait casser un élève. Il disait alors devant tout le monde les petits secrets que l'intéressé aurait bien voulu cacher ; du genre *Alors Marcel, vous êtes toujours amoureux de la mère de Julie ?* (Julie, c'était la petite amie de Marcel). Parfois, M. Silhouette inventait de toutes pièces des *révélations*. Mais même lorsqu'il bidonnait, ses déclarations empoisonnées laissaient des traces. (Pour la mère de Julie, il avait bluffé. N'empêche que Julie n'avait pas rigolé du tout.) D'autres fois, Claque-Mâchoire livrait à toute l'école de vrais secrets qu'il avait obtenus des gamins de façon déloyale, en échange d'annulations de punitions. Dans l'île, tous les enfants avaient été soumis à ce chantage terrible. Seul Ari n'avait jamais *donné* un de ses petits camarades. Il faut dire aussi qu'Ari avait l'habitude de résister aux abus des grandes personnes.

Toujours dos à la classe, M. Silhouette commença à attaquer avec des mots cruels, sur un ton irrité :

– Mina, est-ce toi la coupable ? Cela ne m'étonnerait pas… Mais qui pourrait t'en vouloir, ma pauvre enfant ? Chacun sait que tu fais encore pipi au lit, malgré tes dix ans, et que tes parents te mettent des fessées déculottées à cause de cela, en te traitant de *pisseuse*… As-tu souhaité te venger, la Pisseuse ?

Mina, une blonde fluette, s'effondra en larmes. Claque-Mâchoire avait jeté en pâture une information qu'elle dissimulait avec soin : parce que Mina voulait que tous les garçons de l'école soient amoureux d'elle et certains jours elle se figurait même que c'était vrai ! D'un coup, sa réputation de *fille-irrésistible-que-tout-le-monde-aime* venait de voler en éclats. Quel gars oserait encore s'amouracher ouvertement d'une pisseuse ?

M. Silhouette s'en prit ensuite à ce frimeur d'Hector, le meilleur de la classe, un lunetteux dont la mère coquette portait discrètement un dentier (dans la famille d'Hector, personne ne souhaitait que cela se sache). Humilié, l'arrogant vira pivoine. Puis Claque-Mâchoire brisa la belle amitié de Salomé et Anne en dévoilant que la première était secrètement amoureuse du même garçon que la seconde. Enfin, le maître immoral se retourna pour fixer de ses yeux de loup celui qu'il haïssait par-dessus tout, le rebelle têtu qui avait l'impudence de lui tenir tête :

– Ari mon ami, serait-ce toi le responsable de ce graffiti ? Une fois de plus ! Toi qui n'es qu'une mauvaise herbe, un bâtard encombrant, toi qui n'as aucune raison d'apprécier les parents ni de les respecter… Parce que les tiens sont indignes, retors et vicieux, n'est-ce pas ? Chacun le sait ici. Et puis, comment pourrais-tu avoir de l'estime pour ta mère, cette menteuse dépravée qui a trompé, trahi et bafoué ton père il y a onze ans ?

Casimir bouillait de colère. Ah, s'il avait pu corriger l'insolent ! Mais, accoutumé à se soumettre aux adultes, il se contenta d'incliner la nuque. Ari se crispa également, en continuant à soutenir le regard vert de son maître. Certes, Mme Chance était mal commode, souvent injuste, parfois impitoyable, mais c'était sa maman à lui et Ari ne supportait pas qu'on parlât mal en public de ses parents.

– Quant à ton père si j'ose dire, poursuivit M. Silhouette avec moquerie, il est assez rosse avec toi pour que tu aies le droit de le détester, tu en conviendras.

– M'sieur, je n'ai pas écrit cette phrase, se contenta de répondre Ari.

– Alors, si personne ne se dénonce, vous paierez tous.

– Tous ? lâcha Casimir.

– Non, mon petit coquelicot, puisque je t'ai dispensé de la prochaine punition. Toi seul seras exempté… Tu es assez lèche-cul pour mériter cet avantage.

Claque-Mâchoire eut un petit rire sarcastique en sentant la classe se coaliser contre l'éternel chouchou. Monter les enfants les uns contre les autres, exciter leur jalousie jusqu'à les rendre querelleurs, lui procurait une joie trouble. Derrière les pupitres, la haine se mit à fermenter à l'encontre de Casimir Chance, plus isolé que jamais. A la récréation, on lui ferait payer tôt ou tard ses privilèges et ses passe-droits injustifiés.

– Mon Dieu, soupira M. Silhouette, comme il est difficile de châtier des êtres aussi décevants que vous… Chaque fois, je dois me casser la tête pour vous punir de façon… *éducative* !

Au motif que cela leur *formerait le caractère*, trois élèves furent chargés de couper du bois mort pour leur maître, deux autres furent affectés au ménage de son logement, une fillette eut pour obligation de repriser ses vêtements troués, un garçonnet fut condamné à l'éventer avec une branche de palmier pendant sa sieste, deux fortes têtes reçurent l'ordre de laver son linge, etc. Sans vergogne, Claque-Mâchoire distribuait des tâches domestiques de nature à lui faciliter le quotidien. L'infirme sadique entendait s'aménager ainsi une existence confortable. Sans doute se vengeait-il du sort injuste qui l'avait cloué dans une chaise roulante. Puis, d'une voix métallique, M. Silhouette ordonna à Casimir de rappeler *la* règle de l'école, afin que chaque gamin pût bien la méditer. Craignant d'écoper d'une nouvelle corvée, Casimir obtempéra en répétant :

– *Rien de ce qui se passe ici ne doit être répété aux parents. Tout élève relève de la seule autorité de son maître.*

– Bravo, mon petit perroquet ! Cela mérite un susucre, une gâterie, une faveur particulière…

Tous les élèves frissonnèrent de rage contre Casimir qui, soudain inquiet, se mit à craindre de bénéficier d'une *faveur* qui lui vaudrait une solide rancune de la part des autres enfants de l'île. Claque-Mâchoire se tourna alors vers Ari à qui il n'avait encore attribué aucune besogne pénible.

– Le Gorille…, susurra M. Silhouette en souriant avec dédain. Dorénavant, quand je punirai ton frère

Casimir, enfin ton presque frère, c'est toi qui exécuteras ses punitions. Hi hi hi…

Le ricanement joyeux de Silhouette ne s'interrompit que lorsqu'Ari rétorqua avec dignité :

– Non, monsieur.

– Pardon ?

– J'ai dit non, parce que c'est vous qui avez écrit cette phrase idiote au tableau.

– Êtes-vous devenu fou, Chance ? répliqua le maître ahuri.

– Je ne suis pas un Chance, comme vous avez eu l'amabilité de me le rappeler. Je suis Ari. Dorénavant, vous serez donc gentil de m'appeler par mon prénom.

Dans la classe, tous les enfants demeurèrent estomaqués. C'était la première fois dans l'histoire de l'île de la Délivrance qu'un garnement se permettait de répondre à Claque-Mâchoire !

– Sors d'ici, demi-portion ! hurla le maître en roulant jusqu'à lui.

– Mais… avec plaisir ! s'écria Ari en ôtant sa blouse grise. C'est même la première fois que j'éprouve de la joie à vous obéir !

– Dehors morveux, petite verrue, crotte de nez, blatte infecte, raclure, virus mal élevé, enfant, chimpanzé mal noté !

– Vous savez pourquoi tout le monde a su que c'est vous l'auteur de la phrase au tableau ? demanda Ari. Parce qu'il n'y a aucune faute d'orthographe ! Même pas une !

Claque-Mâchoire demeura un instant figé ; il ne s'attendait pas à une remarque aussi imparable. Sa mine désorientée le dénonça. Chacun dans la classe comprit soudain que l'affirmation d'Ari était exacte.

Dignement, l'enfant qui avait osé dire non à M. Silhouette sortit sous les applaudissements des gamins de la Délivrance. Ce jour-là fut peut-être le plus bel anniversaire de sa vie. Mais qu'allait devenir le Gorille, cet insoumis solitaire qui venait tout juste d'avoir dix ans ?

2

Ari ne rentra pas chez lui. Il se réfugia le jour même dans la « Cabane », une sorte de château qu'il avait bricolé avec ses copains dans les branches d'un grand kaori, un arbre géant qui ne pousse qu'en Océanie. Pourtant, Ari avait peur du noir, la pétoche de se retrouver isolé la nuit, cerné par des chouettes. Mais le Gorille ne voulait plus jamais avoir affaire à la *racaille* (entendez les grandes personnes vilaines), ni à M. Silhouette, ni à ses parents injustes, ni à aucun membre de cette espèce prétentieuse qui se croyait tous les droits sur les enfants. Puisque les adultes ne savaient pas se tenir, il était prêt à rompre avec eux définitivement.

La Cabane d'Ari fut bientôt truffée de machines particulières qui lui rendaient de grands services. L'une lui servait son petit déjeuner au lit ; elle était animée par un mulot dressé. Dès le réveil de son maître, le sympathique rongeur poussait des wagonnets remplis de desserts (chapardés en ville) le long d'une voie de bambous qui aboutissait à son plumard-masseur.

Le matelas d'Ari était garni de vers de terre qui, en grouillant, lui procuraient une impression exquise de frottement, proche du massage le plus délicat. Étendu sur ce matelas vibrant, il passait ses journées à regarder la « télé ». Comme il n'avait jamais eu de véritable télévision, il s'était fabriqué un objet qui lui rappelait celle qu'il avait pu voir sur des photos de magazines : une cage en roseaux équipée de petits rideaux qu'il ouvrait avec frénésie pour assister à la lutte désespérée d'une proie cherchant à échapper à un prédateur. Le programme variait, plus ou moins palpitant. Parfois, Ari enfermait ensemble une souris et un rapace, d'autres fois une fourmi grassouillette et une mante religieuse ou encore un fruit et son mulot. On s'en doute, le suspense était moins excitant dans le cas du dernier programme.

Un étonnant appareil à poulies avait permis à Ari de hisser jusqu'à son domicile toutes les armes spéciales dont il avait besoin pour tenir un siège éventuel (petit canon à air comprimé avec piston tirant des insectes, catapulte à crapauds venimeux, munitions à base de reptiles vivants, etc.). Ari disposait également d'une « Machine à rire de tout » cubique qui l'aidait à chasser ses mauvaises pensées. Cette boîte sans fenêtre contenait un piaf nocturne dont le chant bizarre ressemblait à un éclat de rire humain. Un autre dispositif, plus sophistiqué, lui permettait d'éblouir les filles qui le laissaient rêveur et de gambader avec elles en imagination : c'était un livre de cent cinquante-deux pages blanches auquel il avait adjoint un crayon

de vingt centimètres. Il lui suffisait de manier cet instrument pour écrire en rébus (ce qui supprimait les fautes d'orthographe) des histoires d'amour dont il sortait toujours victorieux. A l'écart des grandes personnes, notre rebelle en vacances s'aménageait une existence enfin délicieuse : petit déjeuner au lit, télé sans interruption et conquêtes féminines à gogo.

Contre toute attente, personne ne partit à la recherche d'Ari. En effet des événements exceptionnels s'étaient produits dans l'île, qui affectèrent tant les esprits qu'on eut d'autres priorités que de s'occuper de ce *sauvageon* irritant. Le jour même de la disparition d'Ari, un cargo imposant s'était présenté dans la baie principale de la Délivrance. Le *Melbourn* était venu s'y réfugier pour échapper à la violence d'un cyclone hargneux. Le commandant du rafiot – qui transportait l'Australian Circus en tournée mondiale – avait jugé prudent d'interrompre sa route vers Santiago du Chili. Vétuste et rouillé, le *Melbourn* n'était pas en état de se battre contre un océan en colère.

L'arrivée de ce cirque flottant et de sa ménagerie divertissante (surtout les singes impertinents et les kangourous farceurs) accapara l'attention des Délivrés. A l'époque, ils ne recevaient qu'une fois par an la visite d'un bateau de ligne. Chaque 1er septembre, un bâtiment militaire les avitaillait en matériels divers (lunettes pour la vue, papeterie, farces et attrapes en tout genre, etc.), en pétrole et en denrées non périssables (sucettes au sirop d'érable, farine, sucre, maïs à pop-corn, etc.) qu'ils réglaient en perles naturelles.

La pêche de ces perles nacrées était la seule activité lucrative de cette île australe.

Le surlendemain, bravant la tempête, un frêle esquif parvint à gagner la Délivrance. A bord de cette embarcation, on découvrit un crevard au visage gris, épuisé de fièvre. Chacun reconnut Ronald Christian, le maire de l'île voisine de Pitcairn. En une nuit, Ronald avait parcouru soixante milles nautiques, au milieu d'une mer déchaînée, pour venir chercher du secours. Quand on lui eut fait boire un bon grog chaud, il murmura dans un mélange de français et d'anglais :

– *Catastrophic*… le cyclone a tout détruit sur Pitcairn, *everything*. Jamais vu un tel *hurricane*… Des blessés partout. La mer est passée sur l'île.

– Pardon ?

– Une vague géante a traversé l'île. *Adamstown is destroyed.*

Tout le monde comprit que la situation dans la petite ville d'Adamstown (la capitale de la région) était alarmante. Pour qu'un Pitcairnien vînt solliciter de l'assistance, il fallait même qu'elle fût désespérée ; car ces insulaires n'étaient pas des manchots ni des froussards. Tous descendaient des fameux Révoltés du *Bounty*, ces mutins anglais qui, en 1789, avaient exécuté leur commandant puis s'étaient cachés sur Pitcairn pour échapper à la justice britannique. Depuis plus de deux siècles, ces hommes courageux et libres survivaient dans les quarantièmes rugissants sur un caillou isolé qui était devenu leur patrie venteuse. Ronald Christian descendait d'ailleurs en ligne directe de sir Fletcher Christian, l'officier qui avait mené jadis la rébellion.

Impressionnés par le récit du Pitcairnien, les Délivrés résolurent d'aller porter secours à leurs voisins ratatinés par le cyclone. Le commandant du *Melbourn* proposa son navire pour transporter là-bas tous les adultes capables de participer à la reconstruction d'Adamstown. Dans un bel élan, toutes les grandes personnes se portèrent volontaires. On décida de confier les enfants de l'île et ceux du cirque à M. Silhouette, homme de poigne qui saurait veiller sur eux pendant l'absence des parents (qui ne devait pas excéder une petite semaine). Dans l'effervescence des préparatifs, le cas d'Ari Chance fut négligé. On ne s'inquiéta guère du sort de ce rouquin récalcitrant, de ce polisson encombrant.

Le 21 janvier 1980, la totalité des majeurs – à l'exception notable de l'instituteur – quittèrent donc la Délivrance. Restèrent sur l'île principale, sous la férule de leur maître paralytique, soixante-treize petits Français et dix-sept gamins australiens acrobates ainsi que la ménagerie du cirque. Le cheptel comptait à l'époque six lions bagarreurs, une douzaine de zèbres, trois girafes, cinq autruches, des singes moqueurs en pagaille et quelques kangourous boxeurs. Les plus âgés des enfants atteignaient à peine treize ans.

Sur le quai, la marmaille fixa longuement le navire rempli de parents qui s'éloignait sur l'océan agité, couvert d'écume. On serra les doudous et les ours en peluche avec anxiété. Chaque minot s'efforçait de garder son calme, de rester confiant en l'avenir ; un ricanement lugubre de Claque-Mâchoire leur fit mesurer la situation nouvelle dans laquelle ils se trouvaient : leur maître maléfique avait désormais tout pouvoir sur eux. Plus aucune maman, plus aucun papa ne serait là pour contenir la nature diabolique de cet infirme qui haïssait tout le monde, et les enfants en particulier.

– Mesdemoiselles, messieurs, lança M. Silhouette quand le rafiot ne fut plus qu'un point sur l'horizon, désormais je vous tiens. Quand vos chers parents rentreront, s'ils reviennent, je leur ferai un rapport détaillé sur chacun d'entre vous. Naturellement, je mentionnerai la plus minuscule désobéissance. Me suis-je bien fait comprendre, ignobles petits rats ?

Inquiets, les enfants de la Délivrance retinrent leur souffle. Livrés aux exigences de ce pervers qui avait désormais les mains libres, qu'allait-il leur arriver ?

3

Quand Ari vit le *Melbourn* disparaître à l'horizon, du haut de son arbre, il poussa un ouf de soulagement. Sa Machine à rire de tout se déclencha fort à propos. Ne restait plus sur l'île de la Délivrance qu'un seul adulte, un seul représentant de cette race de commandeurs terriblement injustes. Il en éprouva un vif sentiment de liberté, une joie semblable à celle qu'avaient éprouvée les ex-peuples colonisés lorsqu'ils s'étaient débarrassés de la tyrannie des Européens.

Aussitôt, Ari se rendit d'un pas léger sur le quai pour rejoindre ses frères d'infortune, les galopins de l'île. Le Gorille attendit une absence de M. Silhouette pour les gagner à sa cause. Mais, craintifs, les gamins s'écartèrent de lui lorsqu'il tenta de les convaincre :

– Nos parents ne sont plus là, profitons-en ! Ça me paraît même le moment idéal pour flamber l'école…

– Et quand ils reviendront, qu'est-ce qu'on fera ? demanda le grand Marcel qui, d'habitude, n'avait pourtant pas froid aux yeux.

Même devant Julie, son amoureuse, Marcel n'avait plus le cœur à frimer ; comme si le départ des grandes personnes l'avait ébranlé.

– On aura au moins vécu des vraies grandes vacances ! répondit Ari exalté.

– Nom d'un zizi joufflu, moi j'fais que ce qu'on me dit de faire, marmonna la minuscule Dafna (qui jurait tout le temps comme un charretier).

– Jure pas ! reprit Salomé, la petite sœur de Dafna.

– Ari, va faire tes excuses à Claque-Mâchoire et reviens avec nous autres, dit son ami Hector en essuyant ses lunettes. Je t'aiderai pour tes devoirs, si tu me donnes ta part de goûter.

– Jamais ! hurla l'insoumis.

– Pour le goûter ?

– Non, pour les excuses.

– Qu'est-ce que tu vas devenir, tout seul ? demanda Hector.

– Écoutez-moi bien ! lança Casimir en s'avançant. M. Silhouette nous a interdit de parler à Ari. Maintenant, on doit tous aller chercher nos pyjamas et nos draps pour aller faire nos lits dans le grand dortoir. Faites comme si le Gorille n'existait pas ! Nous, on n'est pas des enfants sauvages !

Casimir jeta à Ari un regard noir qui valait un crachat en pleine figure. Les deux frères se fixèrent comme on croise le fer. L'aîné fit alors un signe pour commander aux autres enfants de le suivre vers le grand bâtiment de planches qui, jadis, avait abrité un orphelinat. Une fois de plus, le bâtard s'inclina.

Hector, Marcel, Julie, Mina, Dafna, Salomé et toute la bande des petits Australiens suivirent docilement Casimir. Même les gamins du cirque n'étaient pas d'humeur à cabrioler.

Le grand dortoir était pour Ari la preuve même de la dangerosité des grandes personnes. Ce bâtiment avait été édifié en 1927, lorsque l'État français avait installé sur l'île de la Délivrance une colonie d'orphelins. Jusqu'en 1963, la France s'était débarrassée sur cette terre du trop-plein de gosses abandonnés dont on ne savait que faire en métropole. Sans état d'âme, on y avait déporté des centaines de petites victimes des adultes qui avaient pleuré la nuit dans ce fameux dortoir. En 1963, le gouvernement avait jugé l'orphelinat *trop coûteux* et l'avait fermé. Il fallait déjà à l'époque réduire les dépenses dites *superflues*. L'Assistance Publique avait rapatrié ceux qui avaient moins de seize ans; mais les plus âgés avaient décidé de se fixer sur la Délivrance, loin de l'univers injuste qui les avait rejetés. Puisque aucune famille ne les attendait en Europe, ils désiraient fonder un nouveau Nouveau Monde.

A partir de 1963 s'était donc développée une petite ville, autour du sinistre orphelinat que l'on n'avait pas osé détruire. Petit à petit, les Délivrés avaient bâti de jolies maisons de bois, en achetant les matériaux grâce au commerce des perles. Ils avaient eu des enfants qui étaient à présent les élèves de M. Silhouette. Leur bourg était protégé des cyclones et des explosions volcaniques par l'immense cratère du volcan éteint qui les

cernait. Pour accéder à cette corolle minérale qui formait un rempart contre le monde extérieur, il suffisait d'emprunter un tunnel naturel.

C'est par ce chemin que, ce jour-là, Ari regagna le grand kaori dans lequel il avait élu domicile. Désemparé, il se jeta sur son lit-masseur. Ari ne comprenait pas pourquoi les enfants de l'île ne profitaient pas de l'occasion pour se mutiner contre les adultes et leurs idées pas drôles du tout. En lui bouillait le vieux fond de révolte des gamins qui jamais n'accepteront d'être envoyés à la sieste ou habillés selon le caprice de leurs parents, qui toujours s'insurgeront contre ces culottés condescendants qui les giflent et leur donnent des fessées quand ils sont énervés. De quel droit ces effrontés despotiques leur imposaient-ils de se taire à table et les obligeaient-ils à renoncer à leurs désirs ? Pour qui se prenaient ces majeurs arrogants qui prétendaient *savoir mieux qu'eux ce qui était bon pour eux* ? Ces gens injustes qui faisaient payer aux enfants le prix de leurs lâchetés ? Ces impuissants notoires qui cherchaient à persuader leurs fils et filles que leurs propres limites ne pouvaient pas être dépassées ? Ces tricheurs qui cachaient tout le temps leurs émotions ? Ces bandits qui exigeaient des gosses qu'ils soient *cohérents* alors qu'eux-mêmes ne l'étaient presque jamais ?

Allongé sur son matelas rempli de vers de terre, Ari contempla les armes dont il disposait : un canon à air comprimé dont le piston efficace permettait d'expédier des araignées terribles, trois crapauds venimeux qu'il détenait dans une cage et dont il pouvait recracher la bave venimeuse assez loin (grâce à une sarbacane), un appareil assez performant destiné à ridiculiser les adultes aux yeux des filles, un autre qui permettait d'obliger n'importe quel maître d'école à faire pipi au lit, etc. Qu'allait-il faire de son arsenal ?

Ari Chance haïssait froidement les grandes personnes et leurs mensonges qui lui avaient fait tant de mal.

Le Gorille n'avait pas encore compris que son meilleur allié, c'était… Claque-Mâchoire ! Sa méchanceté devait d'ailleurs se retourner contre lui plus vite qu'Ari ne pouvait l'imaginer…

4

Dès la première nuit, M. Silhouette se mit à rôder en chaise roulante dans l'allée centrale du dortoir. Ses roues usées crissaient. Un silence inquiétant régnait, ponctué par quelques pleurs qu'on entendait sourdre sous les couvertures. Les plus petits avaient du mal à s'endormir sans le baiser du soir de leur maman. Tous les gamins de la ville – vidée pour ainsi dire de ses habitants – avaient quitté leur lit habituel pour être réunis dans cette sinistre chambrée sous la surveillance austère de Claque-Mâchoire.

– Ts tss ! siffla M. Silhouette avec irritation. Pas de larmes ! Tout élève qui pleurniche sera puni.

Glacés par cette nouvelle menace, les plus jeunes étouffèrent leurs sanglots. On entendait à l'extérieur le vent du cyclone qui, au-delà du cratère du volcan, recommençait à fouetter l'océan. Chacun pensait à ses parents. Le *Melbourn* réussirait-il à atteindre l'île de Pitcairn ? Les pères et les mères reviendraient-ils un jour ? Qu'adviendrait-il si le navire sombrait corps et biens dans la tourmente ? Cette dernière interrogation serrait le cœur de chaque gamin. Malgré leur jeune âge, tous étaient conscients du formidable isolement de l'île, située à l'écart des grandes routes maritimes.

Au moment où chacun allait chavirer dans le sommeil, M. Silhouette dit avec sécheresse, à haute et intelligible voix :

– Hector, Mina, Julie et… John, debout ! Rejoignez-moi immédiatement dans ma chambre. *Right now* ! ajouta-t-il pour John qui, comme tous les Australiens, parlait anglais (bien qu'il possédât assez de français pour saisir les ordres de Claque-Mâchoire).

Immédiatement, les quatre enfants trottinèrent jusqu'à la chambre de l'instituteur qui les reçut en souriant de toutes ses dents acérées :

– Mes chers petits, j'ai une bonne nouvelle à vous annoncer… Dorénavant, vous serez tous les quatre dispensés de punitions collectives.

Hector ajusta ses lunettes et frémit. Les phrases de Claque-Mâchoire qui commençaient bien réservaient en général de très mauvaises surprises. Son pressentiment se confirma aussitôt :

– Naturellement mes biquets, une telle faveur doit se mériter… Ne serait-il pas injuste, voire inacceptable sur un plan moral, que je vous favorise sans contrepartie ? Au détriment de vos petits camarades ! Mais rassurez-vous, la tâche qui vous incombe est bien légère si on la compare aux punitions atroces que vous auriez à subir si vous n'étiez pas très obéissants. Me suis-je bien fait comprendre ?

– *Yes sir*, répondit le gros John en tremblant.

On avait déjà dit à ce glouton quel genre d'homme était M. Silhouette.

– Hector, poursuivit le maître, acceptes-tu avec une joie... spontanée la mission que je te demande de remplir ?

– Heu..., fit Hector. Vous ne m'avez pas encore expliqué, ou plutôt *explicité* (Hector aimait bien se faire mousser avec ce genre de subtilité) ce que je dois faire, ou plutôt *exécuter*.

– Hector, ton manque de spontanéité me déçoit... J'attendais de toi une autre phrase, du genre *Oh oui, monsieur, c'est avec joie que j'exécuterai ce que vous m'ordonnerez !* Allez, je t'écoute.

Hector se racla la gorge et répéta :

– *Oh oui, monsieur, c'est avec joie que j'exécuterai ce que vous m'ordonnerez !*

– Quel manque de spontanéité ! reprit Claque-Mâchoire très agacé. Fais attention, mon chaton, je n'aime pas être contrarié et serais désolé *de devoir te confisquer ta paire de lunettes.*

– Oh non, monsieur..., supplia Hector qui était plongé dans un épais brouillard lorsqu'un garnement lui chipait ses carreaux.

– Ne me force pas. Cela me ferait tant de peine, Courte Patte...

La scène était assez pénible pour impressionner les trois autres enfants. D'un coup d'œil, M. Silhouette s'assura qu'ils étaient mûrs, disposés à obéir sans faire de manières. Alors le scélérat dévoila son idée :

– Je désire que vous dénonciez chaque matin l'un

ou l'une de vos petits camarades que je punirai, pour l'exemple.

– Qu'est-ce qu'ils ont fait ? demanda la petite Julie.

– Soyons clairs : que les actes délictueux dont vous les accuserez soient exacts ou imaginaires ne me regarde pas. Une seule chose m'importe : que vous les dénonciez avec régularité et sévérité !

– Mais c'est pas juste…, balbutia la jolie Mina.

– La Pisseuse, je te conseille de ne pas moufeter, répliqua durement Claque-Mâchoire.

– Les autres vont nous détester, ou plutôt nous *exécrer,* ne put s'empêcher de remarquer Hector en frémissant.

– En effet ! reprit Silhouette enchanté. Pour bien encadrer un groupe, il faut des chefs qui soient craints, voire détestés. C'est ce que vous allez devenir : des *petits chefs méprisés*. Avez-vous quelque chose à ajouter avec une joie… spontanée ?

Accablés, les gosses se turent.

– Vous pouvez disposer, conclut l'instituteur. Dès demain matin, à huit heures, je veux des dénonciations, si possible vexantes. L'humiliation marque toujours mieux les esprits. Un zeste de sadisme ne saurait nuire…

Tandis qu'Hector, John, Mina et Julie se retiraient consternés, Claque-Mâchoire précisa avec un petit sourire :

– Hector, *n'oublie pas que tes lunettes sont cassables…*

Ce fut le mot de trop.

A peine revenu dans le dortoir, Hector glissa son traversin à sa place sous les draps et, discrètement, quitta l'orphelinat pour s'enfuir au milieu de la nuit. Il préférait encore braver le noir – qui lui fichait la frousse – que de rester une minute de plus sous la coupe de M. Silhouette. Que ce vicelard exige de lui des dénonciations imaginaires était déjà ignoble ; mais qu'il le menace de vivre dans le flou, ça jamais ! Hector résolut de rejoindre Ari et de se planquer dans les arbres jusqu'au retour des parents. Pourtant, il n'était pas du genre à faire des histoires. Toujours premier de la classe, ce bon élève de onze ans n'avait pas l'habitude de se conduire en forte tête.

Grelottant de trouille, Hector fonça dans l'obscurité jusqu'à la Cabane où il réveilla Ari.

– Qu'est-ce qui t'arrive, vieux ? demanda ce dernier en bâillant.

– Claque-Mâchoire a voulu me piquer mes lunettes, ou plutôt me les *chaparder de façon illicite*, alors j'suis venu.

– Saloperie de grande personne ! Tu verras, dans dix jours on sera dix ici.

Dafna

5

Dix jours plus tard, Mina, John (avec un joli lot de sucreries) et Julie avaient effectivement rejoint la Cabane où régnait une atmosphère de grandes vacances. On y vivait bien ; car pendant les heures de classe, la petite ville était vide. Personne ne surveillait les insoumis. Ils pouvaient donc à loisir piller les maisons des particuliers pour en rapporter tout ce dont ils avaient besoin. Afin d'améliorer l'ordinaire, on se fit même griller des poissons que pêchaient des cormorans apprivoisés. Cette technique de pêche, plutôt rusée, avait été enseignée à Hector par son père : il suffisait de lier la gorge de l'oiseau avec une ficelle pour l'empêcher d'avaler les poissons qu'il attrapait ; puis on les récupérait au fond du bec. L'animal se laissait filouter sans broncher.

Comme la bande des révoltés jouait tout le temps, personne n'avait le loisir ni le désir de nettoyer les vêtements sales. Mina eut donc l'idée de se peindre sur la peau des habits en trompe l'œil. Pour en changer, il lui suffisait de se laver dans la rivière tiède (à cause du volcan). Coquette, elle se coloria sur le corps des tenues variées, de toutes les couleurs, qui tranchaient avec les blouses grises des élèves de M. Silhouette. Puis elle eut l'idée de se dessiner sur le visage les émotions qu'elle aurait aimé montrer et qu'elle cachait. Enthousiastes, ses amis l'imitèrent aussitôt. On appela donc les insurgés de la Cabane les *Coloriés*.

Pour fabriquer de la peinture, les rebelles jouèrent aux petits chimistes, plus inventifs que savants. Les garçons obtinrent du jaune vif en buvant une excellente citronnade qui colorait leur pipi, récupéré avec soin dans des fioles. Le noir le plus profond fut obtenu en diluant du charbon de bois avec des larmes de filles.

Malin, John trouva la recette du bleu : il capturait des pieuvres et leur volait leur encre bleu marine qu'il mélangeait à ses propres larmes (John, en bon Australien, avait les yeux d'un bleu très clair). Le rouge fut produit en se la coulant douce : les Coloriés récoltaient en se levant la rosée accumulée dans les fleurs écarlates des flamboyants. La teinte des corolles s'était transmise à l'aube aux gouttelettes qui formaient des perles de sang.

Exalté et persuasif, Ari ne cessait de sermonner ses partisans. Il leur rappelait avec foi la nécessité de rompre avec les valeurs malsaines auxquelles les adultes ont l'air de tenir : le travail, le respect maniaque des habitudes et la manie de taire ce que l'on éprouve vraiment. Pourquoi les grands avaient-ils l'obsession d'être conséquents, alors que c'est si drôle de ne pas l'être ? Et le souci de ne pas trop gigoter. C'est pourtant si jouissif de turbuler ! Jour après jour, le Gorille faisait bien sentir aux Coloriés la supériorité de la condition des mineurs, l'avantage d'être direct et de vivre les instants comme ils se présentent, sans songer au futur.

Mais l'ambiance à la Cabane n'était pas à la joie sereine. On avait beau bricoler les machines les plus utiles (pour surprendre les filles en ne les effrayant pas, roupiller sans cauchemar ou canarder les frimeurs), les Coloriés n'avaient pas vraiment le cœur à s'amuser. Chacun se demandait pourquoi les parents ne donnaient pas de leurs nouvelles. Le climat s'était pourtant radouci. En six ou huit heures de navigation sur une barque de Pitcairn, l'un d'entre eux aurait pu venir les rassurer. Le commandant du *Melbourn* n'avait-il pas promis d'être de retour *dans une petite semaine* ? Le délai était écoulé depuis trois jours. Pourquoi ce retard ? Que s'était-il passé ? Les Coloriés flairaient bien que la situation n'était pas naturelle.

– Et si les parents ne revenaient pas ? lança un soir Ari. Qu'est-ce qu'on ferait ?

– Ce n'est pas possible, répondit Mina en tressaillant.

– Et si c'était possible ? reprit Ari.

Les enfants retirèrent leurs poissons de la braise et commencèrent à manger en silence. Personne n'imaginait vraiment que les parents pouvaient disparaître pour de bon ; mais chacun restait comme hébété devant cette idée extraordinaire.

– Vous savez quoi ? poursuivit Ari. Si les grandes personnes nous laissent tomber, p't-être que ce sera la chance de notre vie.

– Pourquoi donc ? repartit Hector, ahuri. Ou plutôt *qu'entends-tu exactement par là* ?

– Si y a plus personne pour nous dire que nos envies sont impossibles, alors... elles deviennent possibles !

– T'es pas un peu marteau ? demanda Julie.

– Hier, expliqua Ari, j'ai été voir les animaux du cirque et j'suis monté sur un zèbre comme sur un poney. Tu sais pourquoi ?

– Non, ou plutôt *je ne sais*, renifla Hector.

– Mina m'a dit tout à l'heure que les zèbres on ne peut pas monter dessus, ça ne se dresse pas un zèbre. Comme j'le savais pas hier, je l'ai fait. Les adultes, eux, ils savent trop de choses, du coup ça les empêche d'essayer des trucs. Si ça se trouve, on peut même voler !

– Je ne te conseille pas de te jeter du haut de l'arbre, *jeune téméraire*..., répliqua Hector avec l'arrogance d'un ex-premier de la classe. Même s'il n'y a plus d'adultes !

– P't-être mais si on déclare qu'*on dirait qu'on saurait voler*, c'est comme si on volait pour de vrai. Et ça, les adultes, ils veulent pas y croire !

– *My dear fellows*, lança John en lapant son dernier pot de miel, vous déraillez ! Les parents ne sont peut-être pas *on the way back*, mais un adulte, on en a déjà un sur les bras ! Un *bloody bastard* !

– Qui ? postillonna Julie.

– Claque-Mâchoire, *by Jove* !

6

Le 10 février 1980, une réunion extraordinaire eut lieu sur la place centrale, bordée de frêles cocotiers. M. Silhouette avait convoqué tous les enfants – Français et Australiens – à midi devant la petite église coloniale. Il faisait beau ce jour-là. La machine à détraquer le temps de Julie n'était pas encore très au point. Chacun attendait que l'instituteur prît la parole et arrêtât des décisions. Depuis vingt jours, aucun des parents embarqués à bord du *Melbourn* n'avait reparu, alors qu'ils auraient dû être de retour au plus tard le 28 janvier. Nul messager n'avait même tenté d'aborder les côtes de la Délivrance. De toute évidence, quelque chose d'anormal s'était produit.

– Mes chers petits, commença M. Silhouette, nous avons un problème et je ne vois qu'une seule solution. Toutes les autres me paraissent exclues. Dans ma chaise roulante, je ne peux pas naviguer jusqu'à Pitcairn. D'ailleurs je ne suis pas marin et il n'y a personne parmi vous, je crois, qui sache manier le sextant. Si je prenais la mer avec une petite escouade et une boussole pour unique instrument, nous risquerions de rater Pitcairn et de nous perdre dans l'immensité de l'océan. D'autre part, je crois dangereux de vous laisser seuls avec les animaux du cirque, surtout les lions. Nous n'avons donc qu'une solution : attendre ici en cessant d'attendre.

– Ça veut dire quoi, nom d'un zizi timide ? demanda Dafna qui se curait le nez.

– Nous allons remettre en route la colonie de la Délivrance. Et toi, Dafna, tu me feras le plaisir de cesser de jurer comme un garçon manqué !

– Ça veut dire quoi, sapristi ? répéta la fluette Dafna.

– Cela veut dire que tu vas devenir ta mère. Vous allez tous reprendre la place et le métier de vos parents, quel que soit votre âge. Casimir Chance y veillera, et moi aussi.

– Mais moi j'veux pas devenir ma maman ! protesta Dafna. J'veux ma vie à moi, bordel de zizi musclé !

– Nous n'avons pas le choix, coupa Claque-Mâchoire. A compter de demain matin, vous reprendrez tous la profession de vos parents et vous retournerez vivre chez vous. L'école est provisoirement fermée. Tâchez de faire de votre mieux !

– Vous croyez qu'ils nous ont abandonnés, nos parents ? demanda un petit garçon dont les lèvres tremblaient.

– En tout cas vous le mériteriez, tas de fainéants ! s'exclama Claque-Mâchoire. Si c'est le cas, moi je vous le dis sans détours : vous ne l'avez pas volé !

Désorientés, les enfants commencèrent à murmurer avec gravité. Qu'avaient-ils donc pu commettre de si grave pour être tous délaissés d'un seul coup, et de façon si sournoise ? Certains se mirent à sangloter. Ils trouvaient injuste d'être brusquement lâchés par leur papa et leur maman au milieu de l'océan Pacifique. L'autorité froide de M. Silhouette contint l'explosion de larmes ; mais le petit peuple des Délivrés s'en retourna le cœur gros dans les maisons vides.

En poussant la porte de son domicile, chaque gamin éprouva pour la première fois l'horrible sensation d'être orphelin. L'intérieur des foyers n'avait guère bougé depuis le 21 janvier, malgré les rapines des Coloriés. Ne manquait que l'essentiel : les rires des papas, les bras des mamans et l'odeur rassurante de la cuisine. Comme tous les minots, Casimir Chance s'effondra en larmes. Malgré les ordres de Claque-Mâchoire, qui ne supportait pas les émotions, il sanglota sur le canapé en serrant contre lui une photo de l'abominable Mme Chance. Casimir fut cependant bien le seul gosse de l'île à se jurer d'être désormais *comme ses parents*. Son intention était de leur demeurer totalement fidèle. Les autres mioches, eux, étaient effrayés par une perspective qui compromettait tous leurs rêves ; car sur la Délivrance aucun papa n'avait été pompier, aventurier riche ou écrivain célèbre, et aucune maman n'avait entamé une carrière de princesse, de médecin en Afrique ou d'hôtesse de l'air. Tous et toutes avaient hérité de vies qui paraissaient bien plates.

Naturellement, le projet de M. Silhouette était déraisonnable. D'une part parce que l'on n'étouffera jamais les rêves des enfants (sinon le monde s'arrêterait de tourner !). D'autre part parce qu'aucun gamin de la Délivrance ne souhaitait succéder à ses parents : franchir ce pas pour de bon eût été reconnaître que les papas et les mamans ne reviendraient jamais. Et ça, pas un seul gosse n'était prêt à l'admettre !

Borné et sûr de ses idées, M. Silhouette mit du temps à s'en rendre compte.

7

Le 11 février au soir, Ari fonça à toutes jambes vers le grand kaori dans lequel jouaient les enfants révoltés et les chimpanzés facétieux du cirque. Le Gorille n'en revenait pas de ce qu'il venait de voir dans les rues de la Délivrance. Intégralement peint en mousquetaire, zizi compris, il fit irruption dans la Cabane et déclara aux Coloriés :

– Eh les gars (il disait *les gars*, même quand il s'adressait aux filles), il se passe un truc bizarre en ville. Je m'y suis promené en douce et j'ai vu des choses… bizarres bizarres ! Clément est devenu boulanger à la

place de son père. Il fabrique du mauvais pain, mais il le fait quand même ! June Field a rouvert l'atelier de couture de Mme Field. Les Australiens ont repris les répétitions du cirque. Jean a mis le costume de juge de son père et il s'est permis de juger dans le vrai tribunal ! Avec le marteau de son papa !

– Il a jugé qui ? demanda Hector, éberlué.

– Il a condamné Mme Furia, la pharmacienne, à une amende. Et comme elle n'est pas là, Mme Furia, c'est sa fille Marthe qui a écopé de l'amende ! Parce que maintenant la pharmacienne, c'est Marthe.

– C'est pas juste…, grommela Mina qui s'était dessiné sur le corps un éblouissant costume de princesse.

– A quoi jouent-ils ? demanda Hector, étonné.

– *A être les parents*, répondit Ari. C'est ce que dit partout Claque-Mâchoire : *Soyez vos parents !* Et tu sais qui répète la même chose derrière lui ? Casimir !

– Casimir…, murmurèrent Hector et Mina, atterrés.

– Et pis, ajouta Ari la gorge serrée, il paraît que Claque-Mâchoire va tuer les lions du cirque parce

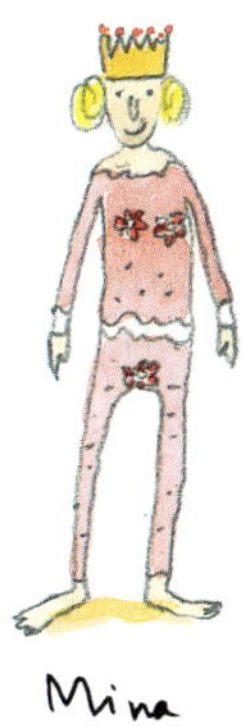

qu'il dit que les fauves mangent trop de viande et qu'ils sont des dangereux carnivores.

– Tuer les lions ? reprit la jolie Mina, horrifiée.

– Oui.

Les singes – camarades de cirque des lions – frissonnèrent, comme s'ils avaient senti le péril qui guettait désormais les animaux de l'île.

Aussitôt, les Coloriés *s'habillèrent* pour descendre en ville. En clair, ils se peignirent des vêtements ordinaires en trompe l'œil afin de ne pas se faire repérer. Il fallait qu'ils aillent voir discrètement ce qui s'était déjà produit et ce qui allait encore se dérouler. Quelle mouche avait piqué M. Silhouette ? Comme il ne se trouvait parmi les Coloriés aucun adulte pour leur apprendre à peindre – c'est-à-dire les faire douter de leurs facultés –, ils exécutèrent leurs habits en trompe l'œil avec une habileté extraordinaire.

Ari grimpa dignement sur son zèbre. Pour ne pas être en reste, les autres révoltés enfourchèrent des bâtons peints qu'ils firent hennir. L'avantage avec ce genre de montures, c'est qu'elles ne mangent rien, ni foin ni avoine. Puis la troupe *montée* se mit en route à la tombée de la nuit. En pénétrant dans le bourg, les Coloriés trouvèrent les rues vides. Tous les gamins de la colonie avaient été envoyés au lit tôt par Claque-Mâchoire. Pas un bruit ne signalait une présence humaine. On n'entendait que les rugissements des fauves du cirque encore vivants dans leur cage, les couinements des autruches et des girafes qui vaquaient en liberté ainsi que les cris des chimpanzés qui s'étaient égaillés dans la nature en compagnie des kangourous adolescents (qui crânaient devant leur femelle).

Une seule maison était éclairée : celle de la famille Chance. Le peloton des Coloriés s'en approcha discrètement. Par une fenêtre entrebâillée, ils surprirent une scène qui les fascina. M. Silhouette se trouvait attablé avec Casimir qui occupait la place de son père disparu. A la lueur d'une bougie, l'instituteur examinait avec une loupe un joli lot de perles naturelles.

– Excellent… excellent ! ruminait-il.

Casimir paraissait satisfait des propos de son maître qui, subitement, le reprit avec dureté :

– Qu'as-tu à sourire, lèche-cul ?

– Vous disiez que la pêche était excellente, balbutia Casimir.

– Non, ce sont les perles qui sont d'excellente qualité. La pêche, elle, est maigre. Le rendement est aussi médiocre que tes efforts pour imposer à tes petits camarades pêcheurs des cadences plus soutenues.

– Ils feront mieux demain, aussi bien que leur père…, répondit Casimir en tremblant.

– Je sais, fit M. Silhouette en allumant un cigare. Je me vois déjà riche…

– Vous voyez dans l'avenir ?

– Non, imbécile. *Je sais* que le rendement sera meilleur demain car lorsque tu connaîtras ton châtiment – si les choses ne se redressent pas –, *je sais* que tu sauras te montrer persuasif.

Ravi de ménager ses effets, Claque-Mâchoire se fendit d'un large sourire carnassier ; puis il tira sur son cigare, le temps de laisser mijoter le malheureux Casimir. Très inquiet, ce dernier finit par bégayer :

– Et et et ce sera quoi, le le… mon châtiment ?

– A ton avis, minus ?

– Je ne sais pas…

– Eh bien je vais te laisser chercher. Tu as toute la nuit pour y réfléchir. Si à mon réveil tu n'as pas trouvé la sanction que je te réserve, face de rat, je te livrerai aux Coloriés. Tu sais, tes meilleurs amis… Ah ! Ah ! Ah !

Casimir blêmit, tandis que Silhouette riait aux éclats en imaginant la vengeance des révoltés qui haïssaient Casimir, le jaune, le fayot dédaigneux qui les avait systématiquement trahis, celui que les Coloriés appelaient la Voix de son Maître.

– Allez, aboya M. Silhouette, maintenant décampe d'ici !

– Mais… je suis chez moi, m'sieur.

– Tu *étais* chez toi, ver de terre. Tu ne l'*es* plus. Ne commets plus jamais de faute de conjugaison ou il pourrait t'en cuire. Cette maison est désormais à moi. Allez, déguerpis ! Ou plutôt va dormir avec les chiens obéissants, ceux de ta race. A la niche !

Cette dernière phrase enchanta Ari. Il avait si souvent entendu son *« père »* lui suggérer de passer la nuit *à sa place*, avec les bâtards. Quel retournement de situation ! Désemparé, Casimir sortit de la maison en se retenant de chialer (pour ne pas subir une punition supplémentaire). A douze ans, tout cela lui paraissait bien lourd à porter.

Tandis que Casimir s'éloignait dans la rue principale, Hector chuchota :

– Et si on le retournait maintenant en notre faveur ? C'est le moment, non ?

– Lui ? fit Ari en s'étranglant. Jamais !

Une voix autoritaire surgie de nulle part les fit alors sursauter :

– Qu'est-ce que vous faites là, vauriens ?

Les Coloriés se retournèrent et virent le chétif Napoléon qui flottait dans les vêtements trop amples de son père (le papa de Napoléon avait été l'unique policier de la Délivrance).

– Et toi, poids plume ? répliqua Ari.

– Je vous arrête !

– T'es devenu fou ou quoi ? lui assena Mina en lui piquant son sifflet qui était sa seule arme.

– Si je vous arrête pas, postillonna le petit Napoléon, c'est moi qui serai tribunalisé !

– On dit *jugé*, rectifia Hector.

– *Why don't you come with us ?* demanda John en léchant une sucette. On ne te *tribunalisera* pas.

– Et si tu viens avec nous, t'auras plus à pêcher des perles pour faire la fortune de Claque-Mâchoire ! expliqua Ari.

– J'veux bien parce que moi, sous l'eau, j'ai peur des requins, confessa Napoléon.

Sur le chemin du retour à la Cabane, la bande des Coloriés était augmentée d'une (petite) recrue. Tout le monde convint que l'on ne pouvait pas laisser plus longtemps Claque-Mâchoire utiliser les gamins de l'île pour accumuler un trésor de perles. La colère montait : que l'instituteur eût profité de la disparition des parents pour exploiter les nouveaux orphelins donnait aux Coloriés l'envie de se fâcher tout rouge. Pourquoi tous les enfants de l'île ne se rebellaient-ils pas ? Par quel sortilège ce salopard de M. Silhouette tenait-il encore les Délivrés sous sa coupe ?

La mutinerie débuta par un éclat de rire, le premier que l'on eût entendu dans l'île depuis le 10 février, jour funeste où Claque-Mâchoire avait rétorqué aux enfants qu'ils avaient bien mérité d'être abandonnés. Mais qui aurait pu prévoir qu'un fou rire épidémique déclencherait un tel soulèvement contre l'*ordre colonial adulte* ?

8

Tout commença dans la matinée du 14 février 1980. La fluette Dafna entra au tribunal et vit Petit Jean, un galopin de sept ans, vêtu d'un costume de juge qui avait appartenu à son père. Ce magistrat pas drôle du tout faisait jadis exprès d'être sérieux ; mais son fiston, lui, était comique à voir dans la robe de son papa. Dafna jura d'abord avec sa grossièreté coutumière ; puis, tout en se retenant de pouffer, elle sortit dans la rue où le spectacle d'une fillette déguisée en infirmière la fit exploser de rire. Babette, flottant dans la blouse de sa mère, était à se tordre. Le calot blanc énorme lui tombait sur les yeux.

A son tour, l'infirmière menue se mit à glousser. En ouvrant la porte du tribunal, elle partit à rire aux éclats devant le spectacle du Petit Jean fagoté en magistrat qui adoptait des poses de juge en se curant le nez. Ce dernier, mis de bonne humeur par cette coupable hilare, ricana un peu puis éclata carrément de rire ; si bien que le condamné suivant (pour avoir l'air crédible, Jean condamnait tout le monde) sortit du tribunal en

rigolant à gorge déployée. C'était le fils du croque-mort. Il déclencha sur son passage un contagieux fou rire. Entraîné par cette vague de gaieté, chaque gamin força le trait et caricatura ceux qui lui avaient donné la vie. Marguerite était soudain *débordée* comme sa maman toujours affolée. Aurélien réclamait d'être *obéi* en imitant la grosse voix de son papa. Salomé s'amusait à *nouer des cravates* autour du cou des bébés. On sortait des *carnets de rendez-vous*, on déclarait qu'on allait *arrêter de fumer* ou *maigrir de quelques kilos*. De rieur en rieur, l'hilarité gagna bientôt tous les habitants de la ville qui se tinrent les côtes sauf… le sinistre Casimir Chance.

Le frère d'Ari ne voyait vraiment pas ce qu'il pouvait y avoir de bouffon dans tout cela ; alors que les Délivrés, eux, rigolaient du ridicule de l'humanité adulte. En jouant les grandes personnes, les enfants venaient de s'apercevoir que les rôles de casse-pieds occupés par leurs parents étaient dans l'ensemble parfaitement risibles.

Paniqué par ce fou rire séditieux, Casimir courut voir M. Silhouette qui, à son tour, ne trouva pas la situation désopilante. Si les gamins commençaient à ricaner de tout ce qui fonde une société de majeurs, sérieuse et tout, son autorité risquait fort de devenir également… risible !

Mais Claque-Mâchoire ne fut pas le seul à rappliquer en toute hâte dans sa chaise roulante. Alertés par Mina que *tout le monde se poilait en ville*, les Coloriés déferlèrent à leur tour dans la rue centrale. Enfin arrivait le jour où les enfants se rendaient compte que la vie des adultes, c'était rien qu'une farce de polissons déguisés en gens réfléchis, une énorme clownerie.

Le corps intégralement peint, Ari déboula sur la place centrale en chevauchant son zèbre bariolé. Ce jour-là, il avait colorié toutes les rayures de l'animal jusqu'à le rendre arc-en-ciel. Ari ne supportait plus les parties du monde qui restaient en noir et blanc. Face à la mairie (qui servait aussi de tribunal), il déclara à la cantonade en brandissant un sabre de bois :

– Tous au théâtre ! On n'a qu'à laisser les vêtements des parents au vestiaire ! Ça nous fera des costumes pour les spectacles comiques !

L'idée enchanta la foule enfantine. Dans une joyeuse sarabande, les enfants foncèrent vers le théâtre de la petite cité sans prêter attention aux exhortations au calme de M. Silhouette. Poussé dans sa chaise roulante par Casimir, Claque-Mâchoire remonta le flot de godelureaux en se cassant la voix pour rien. Personne n'écoutait plus ses propos raisonnables et menaçants. Ras le bol de se faire gronder ! Après des semaines de privation, les Délivrés avaient soif de jeux et de récréation. Deux jours de *travail* de grande personne les avaient dégoûtés à tout jamais de la lugubre condition adulte.

Tout enfant qui sortait nu ou presque du vestiaire du théâtre s'amusa à peindre des vêtements de couleurs vives sur sa peau. Le nombre de Coloriés augmenta brusquement, dans l'enthousiasme général. On ne voulait plus *être son père ou sa mère* ni porter de blouse grise, symbole d'une époque décolorée déjà révolue. Les jeunes Délivrés se lancèrent ensuite dans des rondes frénétiques autour d'un bûcher improvisé. On brûla les fameux *carnets de rendez-vous* des pères qui empêchent de faire les choses quand on en a envie, les montres responsables des horaires et l'argent adulte (source d'engueulades) ainsi que… les cahiers et les livres de classe !

Ce dernier geste rendit fou M. Silhouette.

Hors de lui, l'instituteur sortit son revolver, le six-coups confisqué à Napoléon (le rejeton du policier de l'île). Roulant sa chaise, Claque-Mâchoire s'approcha des cages aux lions, installées bien en évidence au

bord de la place centrale. Le malotru était prêt au pire pour mettre un coup d'arrêt à la bonne humeur qui s'était emparée du peuple Délivré. Seul un acte sanglant lui paraissait de nature à faire cesser les rires frondeurs.

Froidement, Claque-Mâchoire assassina les six lions en leur tirant une balle dans la tête. Le crime répété fit taire les rieurs.

Ahuris, les Coloriés restèrent figés sur la place.

Les cadavres des fauves gisaient dans les cages dorées du cirque. Un chimpanzé se glissa entre les barreaux, couina en vain pour tenter de réveiller le mâle dominant qui était son vieil ami. Puis, quand le singe dépité eut compris que le lion était mort, il hurla sa peine. Le cri déchirant du primate résonna dans l'enceinte du volcan. Les enfants frissonnèrent à l'unisson de l'animal qui, brusquement, se frappa le torse en avançant vers M. Silhouette. Montrant ses grosses dents, le chimpanzé costaud le provoquait. Affolé, l'enseignant voulut tirer un coup de revolver pour se défendre ; mais il n'avait plus de cartouche. Alors, sans s'être concertés, les gamins eurent une réaction instinctive : ils criblèrent de pierres l'infâme Claque-Mâchoire qui reculait dans sa chaise roulante en pâlissant.

– Arrêtez ! hurla Ari.

Un instant, la foule suspendit son élan vengeur.

Sur un ton solennel, Ari ajouta :

– Il a droit à un procès ! Nous, on n'est pas des petits criminels.

Le procès du dernier adulte de l'île débuta le 15 février 1980. Pour la première fois dans l'Histoire humaine, des enfants allaient juger une grande personne selon *leurs* règles. Sur le moment, seul Ari perçut la portée révolutionnaire de cet événement. Son idée, en réclamant un procès public, n'était pas seulement d'obtenir la tête de Claque-Mâchoire mais bien de faire condamner toutes les valeurs des grandes personnes incarnées par M. Silhouette.

Pour la circonstance, Petit Jean se fit peindre un costume de juge rouge assez seyant avec de la fourrure d'hermine en trompe l'œil autour du cou. Afin de ne pas être pris au dépourvu, il répéta en coulisses les formules de condamnation de son père : *Au nom de la loi, je vous condamne à...* Jeannot se munit ensuite d'un livre de cuisine plus épais que le Code civil. Posé sur le bureau du tribunal, ce gros volume faisait tout de même plus crédible.

Casimir, lui, hésita longuement à montrer le bout de son nez. L'arrestation de M. Silhouette signifiait pour lui le début des ennuis. Prudent, il avait d'ailleurs commencé par prendre le maquis, histoire de ne pas être lynché à la sauvette par quelques minots enragés. Casimir avait tellement aidé le sinistre instituteur à punir les Coloriés ! Certes, quelques comparses lâches, péteux ou impressionnables lui avaient prêté main-forte ; mais c'était bien lui *la Voix de son Maître*, son instrument le plus dévoué. Il décida cependant de jouer le tout pour le tout : Casimir reparut au tribunal vêtu d'une vraie robe d'avocat – récupérée au vestiaire du théâtre – et se proposa de défendre la cause et l'honneur de *son client, M. Silhouette.*

Revenait à Ari la tâche délicieuse d'accuser le dernier des adultes, l'unique représentant de cette race honnie qui l'avait tant persécuté. Les deux frères ne se feraient pas de cadeaux. Enfin, ils allaient en découdre et régler leur éternel conflit ! Mais cette fois le bâtard était sûr de son bon droit ; tandis que le fils légitime tremblait. La peur avait changé de camp !

L'affluence au tribunal était maximale. Tous les Délivrés étaient venus, accompagnés des petits Australiens. Acrobates depuis toujours, ces derniers s'étaient juchés dans les endroits les plus improbables pour bien voir (accrochés aux lustres du plafond, aux corniches, etc.), en compagnie des chimpanzés et des lémuriens qui s'étaient blottis près des enfants coloriés jusqu'aux oreilles. On avait ouvert les fenêtres pour que tout le monde pût assister au spectacle de ce jugement qui dépassait en intérêt tous les théâtres de marionnettes de l'univers. Attirée par l'excitation générale, une girafe du cirque avait même passé la tête. Trois kangourous amateurs de spectacles sanglants s'étaient introduits en douce et siégeaient au premier rang en se curant le nez (la mauvaise éducation des Coloriés exerçait sur les bêtes une influence déplorable). Dans leur poche marsupiale, ils transportaient des bébés humains braillards. Comme il faisait chaud et qu'il n'y avait pas de ventilateurs, les gamins se soufflaient dessus en transpirant comme des bêtes.

Une fillette peinte en fleur poussa la chaise roulante de M. Silhouette dans le box des accusés.

– Bon, fit Petit Jean en posant la main sur son livre de cuisine avec gravité, l'audience elle peut commencer. Le condamné peut-il se lever ?

– *L'accusé !* rectifia Casimir. M'sieur le juge, l'accusé est paralysé. C'est pas de bol mais c'est comme ça.

– C'est juste, maître, constata le juge miniature, et pis on n'a pas eu le temps de le condamner, alors c'est pas encore *un condamné*.

– On aurait aussi pu dire le *Culotté*, parce que les adultes c'est rien que des Culottés ! vociféra Ari. Ils se croient tout permis avec nous ! Celui-là comme les autres !

Le ton était donné : on aurait droit à un procès politique, un vrai, une attaque en règle contre cette nation crâneuse et puérile d'oppresseurs (les adultes).

– De quoi mon client est-il accusé ? demanda Casimir d'une voix claire. D'*être* un grand ou d'avoir *fait* quelque chose ?

– D'avoir *fait* ce que font tous ceux qui *sont* grands, répliqua Ari en se tournant vers la foule. Ne vous gourez pas, en votant ou non sa mort…

– … sa mort ? reprit Casimir, éberlué. Vous voulez descendre Claque-Mâchoire ?

– Oui, poursuivit Ari. En votant ou non sa mort, vous allez dire si vous êtes pour ou contre vos rêves. Vous direz si vous voulez encore être des mini-esclaves. Vous déciderez si vous voulez retourner ou pas à l'école, obéir à tous les ordres énervants des grandes personnes, croire à leurs idées fixes, suivre leur exemple qu'est pas drôle du tout. Est-ce que vous voulez *jouer tout le temps* et bricoler des inventions ou *gagner des sous, travailler* et être obligés par des pendules ? Moi, j'veux plus du passé et de l'avenir, j'veux juste vivre tout de suite ce qui m'arrive. On a le droit d'arrêter l'horloge de l'église !

– Ça ne vous empêchera pas de vieillir et de devenir un jour des grandes personnes ! Des résidus d'hospice ! objecta Casimir.

– Non, répondit Ari, c'est possible de gommer le temps en brisant tous les miroirs de l'île. Comme ça nos visages, ils ne vieilliront pas ! On ne tombera pas en ruine, nous !

M. Silhouette avança son fauteuil et prit la parole en souriant. Instinctivement, les enfants l'écoutèrent. Ils avaient tellement l'habitude de la soumission, de la servilité honteuse des écoliers !

– Mesdemoiselles, messieurs, je salue votre aspiration à la liberté. Elle vous fait honneur et nul ne saurait vous la reprocher. Je reconnais d'ailleurs chez les meneurs de votre charmante petite mutinerie des qualités que j'ai moi-même contribué à fortifier : le courage, la dignité, un sens aigu de la rhétorique. Mais ne vous égarez pas, mes chers anges en sucre. Si, dans un élan de folie, vous votez effectivement ma mort (sa voix devint menaçante) *vos parents vous châtieront lorsqu'ils rentreront !*

– Ils nous ont abandonnés pour toujours ! Même que c'est vous qui l'avez dit ! lança une voix fluette dans le public.

– En répétant qu'on l'avait bien mérité ! ajouta le grand Marcel.

– C'est vrai, le condamné a dit ça ! insista le juge.

– Réfléchissez bien, menaça Claque-Mâchoire. Si la justice des adultes, pas la vôtre, *la vraie*, découvrait un jour que vous m'avez assassiné, *ce qui arrivera forcément*, elle sera sans pitié pour vous.

– D'abord c'est même pas sûr que *ça arrivera forcément*, fit remarquer Petit Jean. Les Révoltés du *Bounty*, ils ont jamais été jugés en Angleterre, parce qu'ici y a personne qui passe ! On est au bout du bout du monde.

– Et pis si nos parents nous ont abandonnés, ajouta Ari, c'est sûrement pas pour revenir un jour nous faire risette ! Ils savent bien qu'on les accueillerait pas bien du tout après un sale coup pareil !

– Si vous m'exécutez, *la vengeance des miens sera terrible* ! rugit M. Silhouette, excédé par ces débats.

– Regardez ! s'exclama Ari. Il dit *les miens* en parlant

des adultes parce que les grandes personnes, elles se tiennent les coudes contre nous ! Qui ici n'a pas été victime d'une de leurs injustices ?

– Moi, fit Casimir.

– Forcément, t'étais le préféré de papa et de maman ! rétorqua Ari, ulcéré.

– Bâtard ! Mangeur de gaufres réchauffées !

– Que l'avocat se taise ! cria le juge.

Petit Jean rappela les deux frères à l'ordre en tapant avec son marteau sur le livre de recettes de cuisine. Ari se contint et reprit son discours :

– Y a qu'une solution pour que personne nous dénonce jamais aux adultes : que tout le monde vote la mort de Claque-Mâchoire. Comme ça on sera tous unis par la même décision !

– Je propose qu'on vote tous…, suggéra le président du tribunal en avalant tout rond un caramel.

– … même les bébés ! précisa Ari. Parce que la voix d'un tout-petit, ça compte aussi.

– Pourquoi les singes ne voteraient-ils pas également ? lança Casimir en ricanant et en flanquant un coup de pied à un lémurien rêveur qui traînait par là.

Sur ces mots, Claque-Mâchoire sortit son revolver et, l'air mauvais, le pointa vers Ari.

– Pas un geste, le Gorille ! Et haut les mains. Tu ne t'imagines tout de même pas que j'allais me laisser liquider par un petit crétin comme toi ! Un gobeur de caramels ! Allez, avance sans faire d'histoires, avorton, et prends la direction des cages à lions, avec les autres meneurs : John, Mina, Julie et Hector. Approchez, *les*

Coloriés ! Casimir va vous boucler comme des bêtes mal dressées. Nous aurons ensuite tout le loisir de vous tordre le cou, chacals ! Ou de vous laisser crever de faim ! Pour l'exemple ! ajouta-t-il en riant de bon cœur.

John – qui se trouvait accroché à un lustre en mâchouillant du sucre candi – sauta sur le dangereux paralytique et, d'un geste, lui ôta son pistolet qu'il lança à Ari. La manœuvre avait été si soudaine que la salle resta pétrifiée.

– *Thank you John*, lança Ari avant de se tourner vers M. Silhouette pour le mettre en joue. De quoi parliez-vous au juste, cher monsieur Silhouette ?

– Espèce de petit..., grommela l'infirme.

– Je suggère que l'on reprenne le vote, poursuivit Ari. Qui est pour remettre Claque-Mâchoire en liberté ? Qui pense que nous devrions le laisser nous exploiter et s'enrichir tout seul en profitant des perles de l'île ? Qui souhaite que dure encore le règne des adultes, qu'on nous force à faire des siestes, à planquer les émotions qui nous chatouillent ? Qui désire vraiment reprendre le chemin de l'école ?

Pas un bras ne se leva pour défendre l'instituteur qui venait de révéler sa vraie nature ; pas même celui de Casimir qui, sentant le vent tourner, jugea prudent de lancer :

– Claque-Mâchoire n'est qu'une couille molle !

Alors, se sachant perdu, le maître vida son sac :

– Je vous hais, raclures, morveux déficients ! Je vous ai toujours méprisés, troupeau d'ignares ! Impotents du porte-plume ! Gringalets inférieurs, moutons mal finis ! Sous-hommes, demi-portions, pisseuses ! Détériorés, porteurs de cartables ! Vous êtes incapables de vous maîtriser ! De bâtir autre chose que des châteaux de sable ! D'affronter vos peurs ! Vous me faites pitié... minus, bouches inutiles !

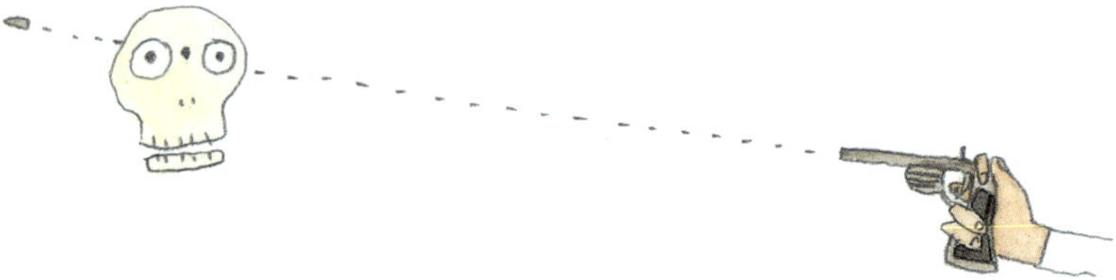

Une détonation claqua. Le sac à fiel se tut et s'effondra sur sa chaise roulante. Soulagé, Ari venait de loger une balle entre les deux yeux exorbités de Claque-Mâchoire. Chacun resta muet, stupéfait par l'importance de l'événement dont ils étaient tous responsables. N'avaient-ils pas voté sa mort sans l'ombre d'une hésitation ? Qu'allait-il leur arriver sans la surveillance (et la protection, malgré tout) d'une grande personne ?

– Et maintenant, soupira Ari, on va pouvoir *jouer* au lieu de *travailler*. L'horloge de l'église, faut la péter. Faut casser aussi les miroirs de l'île et brûler l'argent des adultes. Dire sa vérité, ça sera un droit. Suivre nos envies et se faire plaisir avec des inventions, ça sera même une obligation ! Et même que, à partir de maintenant, l'île est interdite aux adultes, sous peine de mort. C'est moi qui vous le déclarationne !

– *Déclare !* rectifia Hector (qui ne faisait jamais de faute).

– Tu veux descendre tous les adultes qui viendront ? demanda une petite fille timide.

– On ne dit pas *descendre*, reprit Hector, mais *occire, supprimer, sacrifier* ou encore *abréger*…

– Ils n'ont qu'à rester chez eux, ces Culottés, coupa Ari. S'ils viennent, on leur coupera la tête pour en faire des ballons de foot, parce que leurs têtes, elles sont pleines d'idées fixes. Comme ça, on shootera dans leurs sales idées !

Effrayé par la tournure des événements, Casimir se sauva sans demander son reste.

10

Dans l'euphorie, les Coloriés détruisirent toutes les pendules et les miroirs de l'île. Le temps fut aboli à coups de marteau. Puis les insurgés incendièrent l'école, en sauvant toutefois les manuels d'Histoire. Les révoltés de la Délivrance raffolaient des bonnes histoires ! L'aventure de Napoléon court sur pattes et l'affaire de la longueur du nez de Cléopâtre (l'amoureuse égyptienne, une sacrée coquine) leur plaisaient tout particulièrement. La totalité des allumettes de l'île ayant été utilisée pour jouer au mikado miniature, les Coloriés allumèrent le brasier à l'aide d'une loupe.

– Mais qui va nous apprendre à lire et à écrire, nom d'un zizi déluré ? demanda la petite Dafna devant les flammes.

– On n'a qu'à écrire en rébus, répondit Ari. L'écriture énervante des Culottés, ils peuvent se la garder. En rébus, au moins, on fera plus de fautes d'orthographe !

– En rébus… tu es sérieux ? reprit Hector avec étonnement.

– Oui, fit le Gorille. Je trouve ça sérieusement plus rigolo. *Je* par exemple, ça s'écrira en dessinant un *jeu*. Et moi, on me fera en gribouillant une frimousse de singe !

– Et *aimer*, nom d'un zizi ridicule, tu l'écris comment ? demanda Dafna en rougissant.

Que lui répondit-il ? Une ânerie, sans doute ; mais à compter de cet instant, Ari s'aperçut que Dafna était une très jolie fillette avec ses couettes, bien qu'elle jurât sans cesse et que sa conduite fût celle d'un vrai garçon manqué. Elle lui parut soudain si mignonne qu'il cessa de s'en approcher trop près. La beauté des *girls*, c'était déjà un problème épineux pour Ari. Jaloux de sa liberté, il s'était juré qu'aucune ne posséderait son cœur ni ne dirigerait jamais sa volonté. L'histoire de la rusée Cléopâtre (une chipie imbuvable) suffisait à lui montrer les dangers carabinés de l'amour.

Un deuxième événement, aussi macabre qu'inattendu, jeta les pacifiques Coloriés dans l'inquiétude. En allant enterrer le cadavre tout raide de Claque-Mâchoire, Ari eut soudain un geste monstrueux, impardonnable : il coupa net la tête de l'instituteur avec une pelle bien affûtée. Comme ça, sans crier gare !

– Qu'est-ce qui te prend ? demanda Hector, choqué.

– C'est pas grave. Un mort, ça ne sent rien.

– Cette inconduite te déshonore ! Tête à gifles !

– *Cette conduite me déshonore*…, répéta Ari en singeant Hector.

– Pas *conduite*, j'ai dit *in-conduite* ! corrigea le bon élève, vexé.

– Arrête avec ta jactance de premier de la classe ! La tête de Claque-Mâchoire, on jouera au foot avec ! répliqua crânement Ari. Et à chaque coup de pied, on lui fera sortir du cerveau ses opinions malsaines de grande personne !

– T'es un malade ! s'exclama Hector, scandalisé. On ne coupe pas les têtes, même celle des morts ! Ça ne se fait pas ! C'est mal ! J'suis plus ton ami.

Pour bien marquer qu'il ne regrettait rien, Ari shoota dans le crâne de M. Silhouette qui s'envola et retomba au milieu de la place centrale de *Coloriage* (c'était le nouveau nom de la ville). Tout le monde put bien voir la caboche de l'instituteur qui, même mort, semblait continuer à ricaner.

Cette initiative barbare effraya brusquement les Coloriés. En votant l'exécution de Claque-Mâchoire, ils pensaient tous s'être débarrassés de la brutalité. Eh bien pas de pot, ce n'était pas vrai ! Troublés, les enfants prirent soudain conscience qu'il n'y avait plus d'adulte pour tempérer leur propre violence qui, de toute évidence, ne s'était pas évaporée. Un vent de panique se mit alors à souffler sur la colonie de mioches abandonnés.

Les Coloriés disparurent dare dare de la place. Inquiets, les garçons commencèrent à se regarder comme des loups entre eux. Les amis d'Hector se rapprochèrent de lui, tandis que les copains d'Ari se groupèrent derrière leur chef qui monta fièrement sur son zèbre. Flairant les embrouilles, les filles décampèrent aussitôt avec les bébés et jugèrent prudent de se réfugier dans les arbres. Mieux valait se protéger de l'agressivité des garçons ; leurs chamailleries démarrèrent d'ailleurs sur-le-champ.

– Ari, déclara Hector en ajustant ses lunettes, tu n'es qu'un débilos du calebar, un sous-primate nul en histoires drôles !

– Et toi une couille bien molle ! rétorqua l'insulté. Comme tes potes !

– Répète un peu ! renchérit le grand Marcel qui avait pris le parti d'Hector.

– Tu sais ce qu'il te dit, le Gorille ? répliqua Ari. C'est toi le singe, avec tes grands bras ! Même quand t'es immobile, on dirait que tu grimaces, tellement t'es laid !

Les minutes qui suivirent furent terribles. Les garçons se battirent avec une sauvagerie et une âpreté qui les étonnèrent eux-mêmes.

Le 16 février 1980, les filles décidèrent donc de bricoler de confortables cabanes dans les branches des grands kaoris. Tant que dureraient les batailles entre la bande d'Ari et celle d'Hector – allait-on vers une guerre ? –, les *girls* préféraient vivre loin du sol, en compagnie des lémuriens maternels et des tendres chimpanzés. C'est ainsi que fut édifié en toute hâte un nouveau village dans les arbres, composé de *cabanes-pour-filles* reliées entre elles par des passerelles végétales flexibles.

Une cabane-pour-fille, c'était quelque chose de très particulier, une sorte de maison réinventée. La cuisine

(décorée avec des rideaux) occupait plus d'espace que le salon (équipé de rideaux) ; et la salle de bains (agrémentée de rideaux) était bien plus grande que la cuisine. Papoter entre elles dans des sortes de baignoires en bois paraissait être l'activité favorite des *girls*. Astucieuses, elles faisaient monter l'eau chaude sous pression du volcan dans de gros tuyaux de bambou qui remplissaient des demi-barriques. Comme elles aimaient la musique, elles hissèrent à l'aide de poulies de voilier tous les instruments disponibles dans l'île (piano à queue, contrebasse, pipeaux, etc.). L'orgue de l'église fut démonté et réajusté dans les branches d'un kaori exceptionnellement solide. Les jours de grandes bourrasques, le vent soufflait dans les tubes et produisait des harmonies enchanteresses.

La construction de cette cité interdite aux gars fut rendue possible par l'accalmie provisoire entre les deux chefs rivaux. Pour capturer Casimir, leur ennemi commun, Ari et Hector eurent l'intelligence de nouer une alliance de circonstance.

Mais le frère d'Ari était à la fois dégourdi et finaud. L'apprenti adulte était prêt à recourir à toutes les feintes pour échapper au jugement rude que lui réservaient les Coloriés. N'avait-il pas entendu que certains rêvaient de lui couper le zizi ? Instruit par les livres d'Histoire, Casimir savait qu'il peut être très risqué de passer devant un tribunal révolutionnaire sans humour.

11

Une chasse à l'enfant fut organisée pour capturer Casimir, cette fripouille qui avait si bien servi Claque-Mâchoire. La battue avait été minutieusement préparée par Hector qui s'y connaissait en géographie. C'est lui qui avait sorti les cartes de l'île et arrêté les tâches de chacun. Ari devait s'occuper de la côte Nord, tandis qu'Hector dirigerait l'exploration de la côte Sud.

Pour repérer l'infâme Casimir, Dafna avait conçu une « Machine à flairer les méchants », sorte de radar à crapules que l'on fixa sur la tête de Milady, la girafe la plus haute du cheptel. L'appareil était composé d'une boussole branchée sur une cervelle fraîche de coyote (bestiole réputée inhumaine). En présence d'un être vivant abject et cruel, le détecteur était censé allumer une ampoule rouge (grillée), alimentée par une pile (usagée).

De toute évidence, Casimir ne se trouvait pas dans le cratère du volcan éteint où s'étaient établis les Délivrés, au bord d'un lac tiède. La canaille de douze ans avait dû se réfugier dans la forêt des grands kaoris

(une bonne planque) ou sur les pentes de l'autre volcan de l'île en activité. Nul doute que dans ces zones plus périlleuses, il avait su s'aménager un abri commode. Casimir était très fort en cabanes. Mais on ne tarderait pas à lui mettre le grappin dessus. La Machine à flairer les méchants de Dafna était supposée lui interdire toute cachette durable.

Pourtant, après quelques semaines de recherches obstinées (qui excitèrent la férocité des Coloriés), Casimir resta introuvable ainsi que… six minots qui semblaient s'être volatilisés ! Une éruption de l'autre volcan de l'île laissa penser aux insurgés que les sept manquants avaient été grillés vifs dans une coulée de lave ou asphyxiés par des projections de cendres chaudes.

En vérité, Casimir n'avait eu aucun mal à persuader six de ses poursuivants que l'absence de parents sur l'île réservait aux Délivrés un sort difficile, voire tragique ; car plus aucun responsable n'était là pour freiner la violence des garçons. L'exécution puis la décapitation honteuse de M. Silhouette le prouvait assez. A sept, les réfractaires réparèrent comme ils le purent une vieille barque pour s'enfuir à tout jamais. Leur idée était de mettre le cap sur Pitcairn, l'île la plus proche.

Ce projet était plus que téméraire, même carrément cinglé ; car il leur fallait franchir seuls plus de soixante milles nautiques ! Mais, terrifiés par le spectacle du crâne de leur maître d'école transformé en ballon de foot, les jeunes fugitifs étaient décidés à tenter le tout pour le tout. C'est ainsi que Casimir et ses acolytes s'évanouirent un beau matin en jurant qu'ils reviendraient un jour se venger. Cependant, au prix d'efforts surhumains (et grâce aux calculs de Casimir qui avait été un super bon élève), ils réussirent à atteindre Pitcairn, le seul endroit dans la région où ils pouvaient se placer sous la protection de véritables grandes personnes.

Contre toute attente, Casimir et les siens furent très mal reçus à Pitcairn. Après le passage d'un cyclone ravageur, on n'avait vraiment pas besoin de bouches inutiles à nourrir ! Quant aux parents de la Délivrance, les Pitcairniens ne les avaient jamais vus débarquer. Ronald Christian n'avait donc pas rejoint l'île de Pitcairn. Le *Melbourn* avait sans doute mis le cap sur une autre destination inconnue ou alors... il avait coulé, brisé par les mâchoires de l'ouragan.

Casimir et sa poignée de partisans adultophiles furent donc relégués au nord de Pitcairn, loin d'Adamstown, où ils vécurent isolés dans de modestes masures. Contrairement aux Coloriés fantaisistes, ces derniers restaient maniaquement attachés aux vertus et aux mœurs sévères de leurs chers parents disparus. Ces gamins-là étaient donc bosseurs, follement sérieux et volontiers sentencieux. Tous se vouvoyaient, portaient avec dignité de fausses lunettes et possédaient d'épais carnets de rendez-vous. Leur ponctualité absurde devint même proverbiale à Pitcairn.

La traque sur la Délivrance ne porta donc pas ses fruits. Dafna soupçonna la girafe Milady d'avoir détraqué son détecteur de méchants. Suspicieux, Ari finit également par accuser Hector d'avoir laissé filer Casimir. Hector se rebiffa avec fierté. Les deux chefs coloriés qui n'étaient pas des peigne-culs s'affrontèrent durement. On se traita de traître à la cause des enfants. Les haines se cristallisèrent puis déferlèrent sur l'île. Des escadrons de garçons sauvages aux corps peints ravagèrent la Délivrance. De vengeances en représailles, cette guerre de petits hommes farouches se perpétua pendant quatre ans ; ou plutôt pendant une durée qui sembla interminable aux filles (le temps des adultes et les conjugaisons au passé ayant disparu, seul le présent de l'indicatif et quelques bribes de futur étaient encore en usage chez les Coloriés).

Les armes employées au cours de ce conflit furent multiples : des nœuds spéciaux pour attraper les fillettes qui servaient ensuite d'appât, des lance-pierres destinés à envoyer des crottes d'autruche très flasques, des sarbacanes à guêpes (le dard était positionné en avant), des catapultes géantes très commodes pour expédier des espions dans le camp adverse, des escouades de kangourous boxeurs dressés à l'attaque, etc. Cependant, il n'y eut aucune victime à déplorer. Entre Coloriés, on s'amusait à guerroyer ; mais tout le monde considérait que « tuer, c'est pas du jeu ». Quand une victime disait « pouce », on cessait de se disputer. C'était la règle tacite.

Avec l'espoir de rallier tout le monde derrière lui (y compris le peuple des arbres), Ari eut un jour l'idée de construire un parc d'attractions géant sur la plage. On le baptisa *Sans Adultes Park* ; ce qui donnait, traduit

en rébus : un dessin de goutte de sang, une silhouette de grande personne, une image de part de gâteau et la lettre K. Ces quatre éléments figuraient en gros sur le panneau qui indiquait l'entrée du parc. Comme aucun Colorié n'avait jamais vu de véritable fête foraine, les partisans d'Ari avaient dû en imaginer une en s'inspirant des photos jaunies d'un vieux magazine.

Les stands alignés étaient formés de châteaux de sable spacieux, de la taille d'un galopin de dix ans. Dans l'un d'entre eux, on pouvait tirer sur des têtes de parents (alignées et peintes) avec des boules de sable humide. Une buvette distribuait à volonté de la citronnade, des friandises dessinées sur des feuilles d'arbre et des bonbons réels, produits localement : des *pièces d'or en miel*, des *caramels en forme d'adulte* qui fondaient sous la langue, des *baisers de maman au sucre de canne*, etc. Les autos tamponneuses avaient été bricolées à partir de caisses en bois équipées de roulettes et poussées par des singes mâles. Cette propulsion animale fonctionnait assez bien, vu que les chimpanzés aimaient gigoter. La grande roue (tout en bambous) était un véritable chef-d'œuvre d'ingéniosité. Quatre autruches attelées tournaient autour d'un axe pour entraîner le mécanisme énorme de la roue. Quand on y montait, la vue imprenable sur *Sans Adultes Park* était à couper le souffle.

Mais l'attraction phare restait le train fantôme des Coloriés. Les wagonnets étaient hissés la nuit en haut d'un arbre grâce à une poulie tirée par le zèbre d'Ari ; puis ils dévalaient une voie de bambous qui entraînait les voyageurs dans une course folle ponctuée d'apparitions terrifiantes qui rappelaient Claque-Mâchoire. Un mannequin du terrible maître déguisé en sorcière surgissait tout d'abord, puis on rencontrait son squelette ricanant (reconstitué en os de seiche et en corail

blanchi ; le rire jaillissait de la Machine à rire de tout d'Ari). Après d'autres visions du même type, les Coloriés se trouvaient enfin projetés devant le clou du spectacle : le véritable crâne de Claque-Mâchoire, illuminé de l'intérieur par une bougie !

Hélas, la tentative d'Ari échoua. *Sans Adultes Park* ne parvint pas à réunir l'ensemble du peuple colorié.

Rétives à toute escapade sur le sol, les filles demeurèrent à l'abri dans les branches des grands kaoris. Tant que la guerre des garçons ne serait pas achevée, elles resteraient sur leurs gardes.

Quant à Hector, il flaira le piège tendu par Ari et ordonna un soir à ses disciples de saccager le parc. Le train fantôme fut immédiatement démantelé, la grande roue réduite à du petit bois et tous les châteaux de sable piétinés. Un désastre ! Loin de réconcilier les Coloriés, cet épisode fit naître entre eux de tenaces rancunes.

Ainsi allait la vie sur l'île de la Délivrance, totalement coupée du monde adulte. Le bateau militaire qui, jadis, se présentait chaque année interrompit sa liaison régulière ; car Ari avait déclaré au commandant lors de sa visite rituelle du 1er septembre :

– Mon père m'envoie pour vous dire de ne plus venir. On ne pêche plus les perles, y en a plus. On n'a plus de sous à vous refiler et on veut plus vous voir. Il a ajouté que vous avez une face de sale pingouin puant. C'est malpoli, mais il l'a dit quand même !

– Il a dit ça ?

– Il a répété d'autres choses ridicules sur vous, mais j'suis pas un cafteur.

– Qu'a-t-il dit, fiston ?

– Que vous avez une quéquette de ouistiti et une haleine de fromage.

Le militaire outré avait décampé sans insister. L'île resta donc isolée. Ce n'est qu'au printemps 1984 que les jeunes garçons commencèrent à penser à autre chose qu'à se battre.

II
LE PEUPLE DES ARBRES

1

A treize ans, Dafna était devenue une éclatante jeune fille qui, chaque jour, se coloriait sur la peau des tenues sexy. Cependant, elle continuait à se peindre sur les pieds des bottes de cow-boy, vu qu'elle était encore un peu garçon manqué. Habituée à bivouaquer dans les arbres avec ses copines australiennes du cirque, Dafna était désormais une acrobate super habile, un brin crâneuse ; en tout cas plus frimeuse que Salomé, sa petite sœur craintive et timide. Quand Dafna se baladait de branche en branche avec un *damned* chimpanzé en jurant de temps à autre, la tête de Milady (sa girafe préférée) la suivait à la même hauteur dans les feuillages. Imiter les singes lui était aisé car aucune grande personne n'avait jamais tenté de la persuader qu'il était impossible de le faire. En suivant les élans de son corps, elle s'était octroyé sans peine cette liberté-là.

Ce jour-là, Dafna jouait à chat avec des guenons malpolies dans un grand kaori quand elle aperçut, dix mètres plus bas, une tignasse rousse qui traquait des papillons. Un jeune costaud chevauchait un zèbre bariolé de toutes les couleurs. Pour ne pas se faire repérer et mieux le mater, Dafna s'immobilisa sur une branche. Ce garçon (bien sûr, c'était notre héros) l'intriguait plus que les autres ; car Ari était excessif en tout. Il était à la fois plus malicieux que les Coloriés, plus imaginatif, plus farceur, mais aussi plus… énervant, car totalement imprévisible. Insolent, ce sauvageon musclé fascinait Dafna (qui s'en méfiait cependant).

Au sol, Ari (qui n'était plus *Ari Chance*, car les vieux noms de famille étaient tombés en désuétude) regardait fixement un splendide papillon blanc qui reçut soudain une goutte de liquide rouge. Étonné, Ari captura le lépidoptère éclaboussé et leva la tête. Ses yeux rencontrèrent ceux de Dafna. Quelques gouttelettes rouge vif perlaient sur ses jambes coloriées en jaune. De toute évidence, c'était quelque chose de naturel, du véritable sang. Ari et les garçons avaient déjà noté ce phénomène surprenant depuis un certain temps : il pleuvait des gouttes de sang sous les filles les plus grandes, celles dont ils devinaient les seins naissants. Les garçons avaient également remarqué que, depuis que les gouttelettes tombaient et tachaient les papillons de l'île, ils trouvaient les filles nettement plus attirantes ; alors que jusque-là, ils s'étaient fort bien accommodés de leur retraite dans les arbres.

Dafna et Ari se dévisagèrent quelques instants.

– Je peux monter ? demanda-t-il, soudain intimidé.

– Ben… non, bordel de saperlipopette ! fit-elle en rougissant.

– Pourquoi ?
– T’es un garçon… et les *boys* ça vit sur terre.
– Tu peux descendre, alors ?
– Non… puisque j’suis une fille, répondit-elle en souriant. Et les *damned girls*…
– … ça vit dans le ciel.
Soudain remuée par une émotion qu’elle n’avait jamais éprouvée, Dafna s’enfuit dans les frondaisons à toute vitesse, escortée par Milady. Ari resta seul, bouleversé à son tour par cette apparition lumineuse. Son trouble était si abracadabrantissime qu’il devina que rien ne serait plus comme avant. Le sourire de Dafna avait éveillé en lui des sensations poétiques qu’il ne connaissait pas. En même temps, Ari s’en voulut ; car il s’était toujours juré de rester indépendant et de ne pas se laisser subjuguer ou dominer par quelqu’un d’autre. Il n’avait pas délivré son peuple du joug des grandes personnes pour tomber sous la coupe d’une représentante du peuple des arbres. Surtout de cette *girl* qui jurait comme un charretier !
En revenant vers Coloriage, une pensée l’obsédait : il fallait qu’il aille parler à ce frimeur d’Hector. Leur guerre impitoyable ne pouvait plus durer ; même si on pouvait dire « pouce ». Elle effrayait trop les filles, un brin trouillardes. Jamais elles ne descendraient de leurs kaoris tant que les garçons se flanqueraient des raclées. Seule une véritable paix, scellée par un goûter officiel, pouvait ramener les *girls* sur la terre ferme.
Escorté par quelques Coloriés juchés sur des échasses, afin de repérer les ennemis de loin, Ari se

rendit sur le territoire contrôlé par Hector. L'un des *enfants de main* de celui-ci les reconnut et sauta sur son autruche dressée pour filer prévenir son chef.

– Dis à Hector que je viens faire un goûter de paix ! cria Ari.

En arrivant devant les grottes naturelles qui abritaient le campement troglodytique d'Hector, Ari fit hennir son zèbre et en descendit. Ses acolytes dégringolèrent également de leurs échasses. Alors parut Hector avec ses fidèles Coloriés, armés jusqu'aux dents de frondes et de sarbacanes. La plupart d'entre eux avaient déjà du poil aux pattes. Tous s'étaient dessiné des points d'interrogation sur le corps pour bien signifier qu'ils résistaient aux certitudes d'Ari, ce donneur de leçons agaçant. Une escouade de kangourous équipés de gants de boxe (en feuilles de bananiers sauvages) surgit également des grottes. On sentait les marsupiaux guerriers prêts à défendre leurs jeunes maîtres. Ils arboraient aussi sur leur poche ventrale des gros points d'interrogation.

– Alors, comme ça tu viens pour un goûter de paix ? lança Hector, ironique, en ajustant ses lunettes.

Pour toute réponse, Ari saisit un pinceau et, à la stupéfaction générale, se peignit un point d'interrogation rouge sang sur le visage, en déclarant :

– Je suis des tiens.

Il tendit ensuite le pinceau à ses Coloriés en les priant de l'imiter. Disciplinés, ses soldats à demi nus obéirent.

– Il ne doit plus y avoir de guerre entre garçons,

sinon les filles vont rester toujours dans les arbres, expliqua Ari. Aujourd'hui, je dis *basta*. Même que je suis prêt à fumer les cigarettes en chocolat de la paix.

– Toi, t'es amoureux ! répondit Hector, moqueur.

– Non ! Je suis un enfant libre ! Mais on ne peut pas condamner les *girls* à vivre dans les branches, c'est pas juste.

Cette réponse parut convenir à tous les garçons. Aucun d'entre eux ne voulait reconnaître ouvertement

que le peuple des arbres commençait vraiment à les intéresser. On fuma donc les cigarettes en chocolat de la paix, sous le prétexte fallacieux qu'il fallait être gentil avec les *girls*. Puis on s'écorcha les veines et on échangea son sang à l'indienne en signe d'alliance. Pour satisfaire Hector, le point d'interrogation devint même l'emblème national des Coloriés.

– Mais qui dit que la paix va suffire à les faire venir vers nous, les filles ? demanda John en grignotant une

barre de miel séché. Elles sont bizarres les *girls*, ne sont-elles pas ?

– Y faudrait une loi pour les rassurer, une loi qui nous mettrait tous d'accord.

– On n'a qu'à dire que *toute conduite d'adulte est illégale* ! postillonna Ari avec enthousiasme. Faire du mal, sérieuser, travailloter, prudencer, cacher ce qu'on ressent vraiment, c'est interdit.

– Et comment on va punir ceux qui *font les adultes* ?

– *On jouera plus avec eux*, répliqua Ari sur un ton terrible, comme s'il venait de proposer une peine abominable.

L'assistance frémit. Cette punition parut à tout le monde suffisamment dure pour que la loi coloriée fût respectée.

– Mais qui caftera si y en a un qui *fait le sérieux*, qui préfère travailler au lieu de jouer ? Ou si un tenace refuse d'écrire en rébus ?

– On pourrait inventer une police montée de *Rapporteurs*…, suggéra Hector.

– Montée sur quoi ?

– Sur des échasses, pour qu'ils voient tout !

– *Bloody hell !* s'exclama John dont la voix muait. Tout ça ne nous dit toujours pas comment on va faire descendre les *girls* de leurs branches ! Parce qu'elles sont bizarres les filles, ne sont-elles pas ?

– Y a qu'à les apprivoiser…, souffla Ari, l'air coquin.

2

Apprivoiser une fille ou un garçon n'est pas un exercice facile. John le gourmand était formel : avant de domestiquer un kangourou, ses parents s'étaient toujours assurés que l'animal se sentait en sécurité. Tant que le marsupial était inquiet, on ne pouvait rien tirer de ces *damned animals*.

Les garçons résolurent donc de réprimer sans faiblesse les *Effrayeurs de fille*s, ces vauriens pas très futés qui s'amusaient à foutre la trouille aux gamines (en se déguisant en crocodile, par exemple), lorsqu'elles nettoyaient leurs vêtements peints dans la rivière. En somme, quand elles se lavaient ! Le tribunal fut rouvert sans délai et le juge Petit Jean qui avait

désormais onze ans et demi bien tassés condamna trois Effrayeurs à de lourdes peines :

– Tant que la lune est pleine, personne ne joue avec vous.

– Personne… pour de vrai ? demanda un Effrayeur de filles, la gorge serrée, prêt à sangloter.

– Oui, vous avez été dénoncés par deux Rapporteurs, votre compte est bon ! conclut le jeune juge en tapant avec le marteau sur son éternel bouquin de cuisine.

Des brigades de Rapporteurs montés sur des échasses se mirent à patrouiller dans les rues de Coloriage. Hector et Ari ne toléraient aucune incartade, aucun comportement réputé adulte, donc menaçant. La loi était simple : quiconque était surpris en train d'intimider un petit, d'affirmer des certitudes, de faire preuve de prévoyance ou de sérieux exagéré était traîné en justice puis interdit de jeux avec les autres. On s'arrangea pour le faire savoir aux filles, par l'intermédiaire de Julie (qui était restée l'amoureuse de Marcel). Du haut de son arbre, Julie avait continué à expédier à Marcel des billets doux écrits en rébus, et lui n'avait jamais manqué d'envoyer à sa bien-aimée des bouquets – sans épines – accrochés aux flèches de son arc.

Afin de donner envie aux *girls* de revenir à Coloriage, les *boys* décidèrent de peinturlurer les façades des maisons avec des *couleurs de filles*, vives et brillantes (selon les conseils de Marcel, un expert en filles). On coloria les bâtiments avec toute la fantaisie nécessaire

pour effacer l'héritage adultien, en y mettant une touche de coquetterie censée séduire le peuple délicat des arbres.

Mais John – qui s'y connaissait également dans l'art d'apprivoiser, vu que son père avait été dresseur de kangourous – n'en démordait pas : tout cela était insuffisant pour que les *girls* retournent vivre en ville (et surtout y dormir !). Leur envie n'était pas quelque chose que l'on pouvait provoquer en repeignant les rues et en instaurant une simple loi (ni même en leur offrant des baignoires).

– Alors qu'est-ce qu'il faut faire ? demanda Ari (qui pensait toujours aux grands yeux de Dafna et à ses petits seins).

– *Les faire rêver*, répondit Marcel sur un ton mystérieux.

– Comment qu'on s'y prend ?

Chacun l'écouta ; parce que Marcel était le seul à entretenir une chouette liaison (très pure) avec une *girl*. L'expérience de ce garnement acquise avec la petite Julie forçait le respect des Coloriés qui, sur le chapitre des filles, étaient vraiment des zéros. Pour ce qui concernait les chimpanzés, les girafes et les zèbres ou les autruches, ils étaient désormais imbattables ; mais les *girls* restaient pour eux des animaux totalement exotiques, une ethnie très bizarre qui pouffait dans les arbres quand ils passaient en dessous.

– *Les faire rêver…*, reprit Ari, perplexe. Mais comment ?

– Les zèbres, ça s'attrape avec des lassos de cowboy. Tandis que les filles, ça s'attrape avec des histoires…

– *Stories* ? s'enquit John qui n'était pas sûr d'avoir bien compris.

– Oui, des *good stories* qui les font triper.

– Tu as une idée de bonne histoire, ou plutôt de *récit subtil et captivant*, qu'on pourrait leur tchatcher ? demanda Hector, le sourire en coin.

– Oui, une super idée, un vrai piège à nana…, répondit le grand Marcel qui devait aller sur ses treize ans bien sonnés.

3

A peu près à la même époque, le peuple des arbres commença à être tracassé par la même interrogation inversée : *comment apprivoiser un garçon ?* Dans les branches des grands kaoris, tout en prenant des bains, on débattait à l'infini sur l'art de transformer un Colorié rustique en Prince Charmant poli, parfumé et rigolo. Il devait bien exister une technique pour civiliser cette horde de sauvageons bariolés, braillards et amateurs de bagarres ou de rodéos de zèbres peints en vaches.

Un soir, au clair de lune, Julie lança une phrase qui laissa rêveuses toutes les filles :

– Pour apprivoiser un garçon, *il faut le faire poireauter…*

Toutes les Coloriées tendirent l'oreille, vu que Julie était la seule à avoir domestiqué un amoureux authentique (Marcel, le fidèle lieutenant d'Hector qui se parfumait et ne participait à aucun rodéo d'autruches ou de zèbres peints). A treize ans, cette vétérane des questions sentimentales possédait un stock de connaissances uniques parmi les *girls* des arbres (elle savait par exemple comment embrasser en tortillant la langue et des tas de trucs hallucinants). Julie impressionnait toutes les candidates aux *émois passionnels* et aux *fièvres sensuelles* décrites dans les vieux bouquins que les *girls* avaient chipés sur les étagères de leurs mères disparues.

– Le faire attendre quoi, nom d'un zizi pressé ? demanda Dafna (qui ne pensait qu'à Ari).

– Le faire attendre..., répéta Julie en prenant un air entendu.

– Oui, mais quoi ? reprit Mina (qui n'était plus une *Pisseuse* mais déjà une liane prête à s'entortiller autour d'un *boy*).

– Le moment extra où on imite ce que les kangourous garçons font aux kangourous filles, répondit Julie.

– Wouah ! s'exclama Mina. T'as fait ça, toi ? T'as imité les kangourous ?

– Non, puisque je te dis qu'il faut les faire poireauter...

– Il faut les faire attendre quoi d'autre, nom d'un zizi timoré ? demanda Dafna, très intéressée (vu qu'elle était obsédée par le sourire d'Ari et aussi par ses fesses musclées).

– Les rendez-vous.

– Il se passe quoi dans les *rendez-vous* ?

– On joue...

– A quoi ?

– A s'aimer.

– C'est un jeu ?

– Si c'est pas un jeu, c'est raté.

– Et la règle du jeu, c'est quoi ?

– J'te l'ai dite : *faire poireauter*... Parce que le meilleur moment du jeu, c'est juste avant le baiser. Alors si ça dure, c'est tant mieux...

– *Bloody bastard*, il faut *ne rien faire* ? demanda Dafna, un peu perdue.

– Non ! s'exclama Julie. *Les faire attendre*, ce n'est pas *ne rien faire*. Au contraire, y a plein de trucs à provoquer !

– Comme quoi ? s'enquit Mina.

– Pour faire patienter un amoureux, tu réponds toujours à ses demandes en lui laissant espérer que peut-être, un jour, tu diras oui.

– Que peut-être, un jour, je dirai oui..., répéta Dafna, pensive. *Damned !*

– C'est d'espérer qui les rend *fous*, conclut Julie.

– Et Marcel, il est *fou* ?

– De moi ? Raide dingo ! explosa Julie. Quand il me réclame un bidule spécial ou classique, je le fais attendre...

– Tu l'as embrassé sur la bouche ? murmura Mina en piquant un fard.

– Non, je le fais attendre.

– Tu lui as donné un rendez-vous ?

– Non, il patiente encore... Moins tu donnes, plus il te veut !

– Putain de pétroleuse ! T'es pas un peu garce ? demanda Dafna.

– Non, pas *garce*, efficace !

– Et s’il te demande en mariage ? interrogea Mina en rougissant.

– Là tu fonces, des fois qu’il changerait d’avis...

La conversation fut interrompue par un ramdam incroyable. Une cinquantaine de garçons venaient de débarquer sous les kaoris. Méthodiques, les Coloriés construisaient une scène de théâtre en plein air. Tous s’étaient peint sur le corps des costumes italiens anciens copiés sur un bouquin trouvé dans le théâtre municipal. Sous la couverture de ce grimoire, ils avaient découvert le texte d’une pièce en cinq actes écrite (en lettres) par un certain Ouiliam Chaquèspeuare. Hector qui touchait sa bille en écriture adulte avait décrypté à voix haute les dialogues et les Coloriés les avaient traduits en rébus pour mieux les retenir par cœur. A présent, ils les connaissaient sur le bout des doigts et pouvaient même se passer d’antisèche en rébus.

Intriguées, les filles s’installèrent sur les branches et les balançoires suspendues, pour mater ce qui allait se passer. Mais, prudentes, elles remontèrent les échelles de corde et les escabeaux. Avec ces satanés garçons, on ne prend jamais assez de précautions ! Un minot s’avança au centre de la scène et tapa à trois reprises avec un bâton sur le plancher ; puis il annonça à l’assistance féminine :

– Les rôles des filles sont joués par des garçons avec des perruques en coco tressé, vu qu’on n’est que des *boys* et que les *girls*, elles sont toutes perchées dans les arbres !

Ayant rempli son office, le loupiot déguerpit à toute

allure, comme s'il avait mangé des papayes qui donnent la colique.

Déferlèrent alors sur les planches deux bandes de galapiats qui se détestaient – les Montaigu et les Capulet – et qui en vinrent aux mains comme des chiffonniers. La scène déplut aux filles qui en avaient plus qu'assez des batailles ; mais elles commencèrent à trouver un vif intérêt au spectacle quand une Capulet, Juliette (jouée par le brave Hector avec ses lunettes), rencontra dans un bal masqué un séduisant Montaigu, Roméo (joué sans lunettes par Ari). Hélas, leur passion soudaine semblait compromise, vu que les familles Capulet et Montaigu ne pouvaient pas plus se blairer que les Coloriés et les Culottés (nom que les insurgés donnaient à présent aux adultes). Cependant, les filles furent satisfaites de constater que les deux rôles d'amants avaient l'air de réconcilier le duo des chefs garçons qui, la veille encore, se cherchaient des noises. Les cœurs des *girls* battaient donc pour Roméo et Juliette quand, brusquement, les acteurs disparurent de la scène.

Le freluquet du début reparut sur les planches et annonça de sa voix frêle :

– Manque de bol, gentes dames, vous n'assisterez pas à la suite de l'histoire de Roméo et de Juliette, sauf si vous venez ce soir au théâtre municipal, là où on a rangé les costumes des Culottés. La suite, on commence à la jouer au coucher du soleil !

A nouveau, le minot décampa sans demander son reste.

Tous les garçons s'étaient évanouis dans la nature. Les filles demeurèrent perplexes dans les branches. Pour connaître la suite des amours chaotiques de cette Juliette et de ce Roméo à croquer, elles devraient accepter de dégringoler de leur retraite. La ruse du grand Marcel allait-elle fonctionner ? Les garçons pourraient ainsi vérifier si *on attrape bien les filles avec des histoires…*

– … qui les font rêver, avait précisé Marcel (expert en filles).

4

Les *girls* ne savaient plus quelle conduite arrêter. Devaient-elles écouter les conseils avisés de Julie, une sacrée spécialiste en garçons qui répétait inlassablement que « les *boys*, il faut les faire poireauter » ? Ou devaient-elles céder à leur désir de connaître la suite de l'histoire en quittant leurs arbres ? Même s'il ne s'agissait que de rejoindre les garçons le temps de la représentation théâtrale, certaines y voyaient un péril carabiné.

– C'est un piège astucieux, avaient mis en garde les plus trouillardes. Y aura plein d'Effrayeurs de filles dans le théâtre ! Les couloirs vont en être infestés !

– Peut-être que non, avaient répondu Dafna et toutes celles qui trouvaient les *boys* bien attirants (et leurs fesses admirablement dessinées).

– Roméo, tu crois qu'il va épouser Juliette et qu'elle aura une robe qui sera la plus féerique du monde et que ce sera le plus beau goûter de sa vie ? avait demandé Mina, toujours tracassée par les questions nuptiales.

Ces interrogations essentielles à leurs yeux agitaient tant les *girls* que la majorité d'entre elles eurent la faiblesse (bien compréhensible, vu que Roméo était très sexy) de se rendre à Coloriage le soir venu ; la *faiblesse*, car cette sortie présentait d'indéniables risques. On ne sait jamais avec les *boys* ! Mais les nanas voulaient savoir si les Capulet et les Montaigu empêcheraient Juliette et Roméo de s'épouser et de faire ensemble un maximum de farces excitantes (seules quelques filles connaissaient la fin de la pièce, mais elles se turent). Naturellement, ce fut à celle qui se pomponnerait le plus efficacement pour attirer tous les regards des garçons aux aguets. Mina se dessina carrément sur la peau une robe de mariée, donnant à certaines Coloriées l'idée de faire de même. Celles qui possédaient déjà des seins les peignirent de façon avantageuse, les moins bien pourvues s'en dessinèrent des faux bien rebondis (en trompe l'œil). Tout ce petit monde féminin descendit des arbres dans des accoutrements fictifs ravissants, enrobé d'étoffes imaginaires et de voiles taillés dans des matières végétales. Seule Dafna conserva un aspect rude de *boy* manqué.

En arrivant en ville, les filles eurent la surprise de découvrir que les maisons avaient été entièrement coloriées pour les allécher ; et elles en furent touchées. Que les garçons se fussent donné tant de tracas pour leur offrir des façades enluminées leur procura le sentiment que ces sauvageons avaient bien changé. A dire vrai, elles avaient surtout *envie* que ce soit le cas, vu que ces Coloriées n'attendaient que l'étincelle qui leur permettrait de s'enflammer pour un *boy*.

Dafna pesta à coups de jurons comme d'habitude et s'installa au premier rang du théâtre pour admirer comment son *bloody* Roméo allait s'y prendre pour aimer (et aussi pour qu'il puisse éventuellement la reluquer en douce). Les autres filles investirent les gradins de la salle. Étagées sur les bancs de bois, elles attendaient de voir les minois des garçons autant que la suite de l'histoire. Si ces derniers l'avaient su, sans doute auraient-ils été moins timides dans les coulisses... Nerveux, ils se préparaient à déclamer leur texte (du Shakespeare traduit en rébus) tout en fignolant au pinceau sur leurs corps des costumes d'époque.

Enfin les petits acteurs parurent, coloriés de la tête aux pieds.

Eux qui, huit jours auparavant, s'affrontaient comme des bêtes sauvages étaient soudain d'une discipline inattendue. Tout cela *pour les yeux des gonzesses,* comme disait Petit Jean ! Ils débitaient leurs répliques au bon moment, respectaient les contraintes du récit sans qu'aucune tutelle ne s'exerçât sur eux ; car *jouer* était pour ce peuple insouciant une activité aussi naturelle que de rêver ou de pisser dru.

Quand Juliette (alias Hector équipé de ses lunettes et d'une vilaine perruque) entra en scène, aucune Coloriée ne frémit ; mais lorsque Roméo posa le pied sur les planches, la colonie des filles (bouleversées, elles étaient !) ne put retenir ses applaudissements frénétiques ! Dafna en eut le cœur chiffonné. Comment ses camarades de branches osaient-elles lorgner son bien-aimé et se mêler ainsi à leur intimité naissante ? Sous son nez, *by Jove* ! Ce garçon aux cheveux lumineux n'était-il pas né exprès pour elle ? De quel droit le convoitaient-elles sans pudeur ?

Ari s'avança sous un balcon bricolé à la va-vite où Hector – piètre Juliette – s'égosillait :

– *Ô Roméo, Roméo ! Pourquoi es-tu Roméo ? Renie ton père et refuse ton nom, ou si tu ne veux pas, fais-moi simplement vœu d'amour et, pouce, je cesserai d'être une Capulet...*

– *Écouterai-je encore ou vais-je bavarder ?* murmura Ari qui aperçut soudain Dafna.

Elle le contemplait au premier rang, à quelques mètres, avec des yeux de merlan frit.

– *C'est ce nom seul qui est mon super ennemi,* miaula Hector en rajustant sa perruque (totalement ridicule). *Tu es toi, tu n'es pas un Montaigu. Largue ton nom, qui n'est rien de ton être, et en échange, oh, prends-moi tout entière !*

– *Je veux te prendre au mot*, déclara Ari en quittant la pénombre pour que Dafna le vît bien. *Nomme-moi seulement* « love », *et que ce soit comme un autre baptême ! Jamais plus je ne serai Roméo !*

– *Qui es-tu toi qui, dans l'ombre de la nuit, te pètes la gueule ainsi sur mes pensées secrètes ?* bêla Hector.

Alors, fasciné par l'éclat de Dafna, Ari s'arrêta devant elle et déclama à pleins poumons :

– *Par aucun nom, je ne saurais te dire qui je suis, puisque je vomis le mien, ô Dafna !*

– Hep ! fit Hector furibard, c'est à moi que t'es censé causer, ou plutôt *t'adresser* ! Pas à cette greluchette !

Ivre d'amour, notre Roméo emprunta brusquement le dialogue de Juliette et répondit avec fièvre en fixant Dafna :

– *M'aimes-tu ? Je sais bien que tu diras oui. Ô Dafna, si tu m'aimes, cafte-le d'un cœur bien sincère, et si tu m'as trouvé trop aisément séduit, je me ferai dur à cuire et coquet, je dirai non, mais pour que tu me dragues, car autrement j'en serais incapable…*

– Mais c'est mon texte que tu me piques ! protesta Hector, irrité, qui ne parvenait pas à tempérer la fougue d'Ari.

– *Belle Dafna,* poursuivit Roméo, *je suis bien trop dingue de toi, et c'est pourquoi tu peux trouver ma conduite légère, mais crois-moi, âme noble, je serai plus fidèle que d'autres qui, plus rusés, savent paraître pas amoureux du tout ! Par quoi vais-je jurer ?*

– *Non, non, ne jure pas,* sapristi ! répliqua Dafna (qui comme les quelques filles hyper romantiques de l'île savait la pièce par cœur). *Bien que tu sois ma joie, ce serment en pleine nuit ne m'en donne aucune ! C'est trop impétueux, irréfléchi, pochette-surprise. Ma chère âme, bonne nuit. Ce bourgeon de l'amour, s'il mûrit dans la brise d'été, sera peut-être une splendide fleur à notre prochain rendez-vous, bordel de chiure de mouette !*

Pivoine d'émotion, Dafna se leva et sortit plus amoureuse que jamais du théâtre en titubant. Abasourdie, la salle explosa en applaudissements véhéments. Les filles tapaient des pieds, les garçons dans les coulisses sifflaient et criaient *bravo !* Seule Julie râlait, en répétant que Dafna avait commis une faute *abôminable en ne faisant pas assez attendre Ari.* Dans le tumulte, on n'écoutait plus Hector qui, vexé comme un pou, se plaignait à qui voulait l'entendre qu'on lui avait volé *son texte,* ou plutôt *dérobé sournoisement son dialogue* (ce pédant ne pouvait pas se retenir de rechercher *le mot exact* qu'il aurait dû employer). Ce soir-là, les Coloriés venaient de découvrir que c'est avec fanfaronnade qu'il convient d'aimer les *girls*, à l'aide de paroles ébouriffantes et fraîches qui donnent leur vraie couleur aux sentiments, des ailes aux émotions et de l'éternité aux serments les plus intenables.

Étourdi, Ari quitta le théâtre pour tenter de rejoindre sa Juliette qui s'était faufilée dans la nuit.

5

Allongée sur une branche de son arbre, au clair de lune, Dafna eut soudain le bonheur d'entendre une voix qui la fit tressaillir de plaisir :

– *Belle Juliette, je m'engage par cette lune sacrée…*

– *Oh,* bloody monkey *!* répondit-elle en souriant à Ari qui se trouvait sous l'arbre, à cheval sur son zèbre. *Ne jure pas par la lune, l'astre inconstant qui varie tout le mois sur son orbite. J'aurais trop la trouille que ton amour ne soit aussi changeant.*

– *Par quoi vais-je jurer ?* s'écria Ari en poursuivant la pièce de théâtre en plein air.

– *Ne jure point,* fucking *boy ! Ou si tu le veux, par ton être sexy qui est le dieu de mon idolâtrie. Alors, je te croirai Roméo. Putain de Roméo ?* répéta Dafna en se penchant dans l'obscurité pour s'assurer qu'Ari était toujours là.

– *Mon nom !* s'exclama-t-il avec candeur. *Et c'est mon âme qui m'appelle !*

– *A quelle heure, demain, nous retrouverons-nous, nom d'un zizi pressé ?*

– *Quand on aura la dalle, dans ton ancienne maison,* répondit Ari.

– *Je n'y manquerai pas. Cela va me paraître vingt ans jusqu'à demain,* soupira Dafna. *J'ai oublié pourquoi je t'ai rappelé.*

– *Permets-moi de rester auprès de toi, tant que tu n'as pas retrouvé.*

– J'oublierai donc afin que tu restes toujours.

– Et moi, je resterai pour que toujours tu oublies.

– Allons, quelqu'un se pointe. J'entends du bruit. Ne reste pas là ! Adieu, mon cher amour… Je viens, bonne Mina !

D'un bond, Dafna s'éclipsa, laissant Roméo seul.

Heureux, il s'en alla, en songeant qu'il avait bien de la chance de ne pas connaître un amour aussi monotone que celui de ses parents qui, jadis, ne mettaient dans leurs relations intimes aucun des ingrédients qui font les bonnes histoires : rebondissements excitants, coups d'éclat, fous rires et insolence. Ari était déjà assez politique pour songer qu'il faudrait tôt ou tard rendre illégales les liaisons sans surprises (exagérément sérieuses ou trop sages, ce qui revient au même). Des mesures draconiennes devraient même être prises sans délai et les Rapporteurs prévenus qu'on avait sacrément besoin de leur vigilance ; car si les Coloriés s'engageaient sur la pente fatale qu'avaient connue leurs parents, l'avenir de leur microcivilisation était compromis. D'instinct, le Gorille avait deviné qu'on ne tombe vraiment dans l'âge adulte que le jour où l'on se résigne à aimer petitement.

En chemin, Ari rencontra le grand Marcel, à qui il s'ouvrit de sa préoccupation :

– Tu comprends, si nos mariages sont aussi prévisibles que ceux des adultes, on finira comme eux ! Ramollo côté cœur !

– Moi j'ai une petite idée…, répondit le costaud en souriant en coin.

Marcel avait toujours des idées d'enfer. Cette fois, il avait lu dans un vieux manuel d'Histoire qu'un certain Pasteur (une grande personne barbue de France) avait autrefois inventé les *vaccins*, une astuce quasi magique pour se faire dispenser de maladies désagréables !

– Et alors ? rétorqua Ari. Qu'est-ce qu'on en a à fiche de ton Pasteur barbichu ?

– Y a qu'à bidouiller des vaccins *anti-amour-d'adulte* ! s'exclama Marcel.

– Comment on fait ? demanda Ari, un peu paumé.

– Écoute-moi bien. Demain, quand tu verras Dafna, tu vas commencer par…

6

Ari se rendit le lendemain à midi devant l'ex-demeure de la famille Sofia (celle de Dafna). Les gargouillis de son estomac l'avaient averti qu'il était l'heure, avec plus d'exactitude qu'une montre suisse. De loin, on aurait pu croire que le Gorille chevauchait un canasson blanc car il avait peint avec du lait caillé d'autruche les rayures noires de son zèbre apprivoisé. Pour fignoler son allure très adultienne, Ari avait emprunté dans le vestiaire du théâtre d'authentiques vêtements de grande personne : une *panoplie* complète de mari.

Ladite panoplie était constituée d'un pantalon assez vaste pour permettre d'avoir du bide (Ari avait eu suffisamment de place pour y loger un coussin), d'une chemise impeccable repassée par une épouse (imaginaire et parfaite), de chaussures réelles qui sentaient le camembert (alors que les Coloriés avaient pris l'habitude de cirer leurs pieds nus) et de lunettes indispensables pour paraître plus sérieux (comme il n'avait pas trouvé cet accessoire, Ari s'en était peint une paire autour des yeux qui lui donnait un air clairvoyant et sinistre). Ainsi accoutré, le Gorille pouvait passer pour un authentique époux usagé, digne de figurer dans l'album de photos de famille d'un Européen. Par souci du détail, Ari s'était même affublé d'une fausse moustache qui offrait l'avantage de rendre tout baiser franchement désagréable pour celle qui le recevrait. Une touffe de poils drus dans les gencives n'a jamais enchanté personne !

– Dring dring ! fit-il en mimant un époux sonnant à la porte de chez lui. Chérie, j'ai oublié mes clefs !

Dafna parut sur le seuil de la porte, déguisée en amante. Salomé – qui partageait le même lit superposé que sa sœur – lui avait dessiné des habits affriolants sur la peau.

– *Damned*, qu'est-ce que tu fous comme ça ? lança-t-elle en éclatant de rire.

– On dirait que je serais ton vieux mari et qu'on serait des adultes. Tu veux bien jouer ? On n'a qu'à mimer tout ce qu'on n'aimerait pas devenir ! Pour s'en dégoûter !

– *All right, my bloody* mari ! répondit Dafna, amusée. T'as qu'à rentrer et faire comme si j'étais pas super jolie avec mes couettes et que tu ne me remarquais pas... (Elle avait raison, les vieux maris sont carrément bigleux devant leur femme.)

Ari pénétra dans le salon un peu délabré et s'installa sur un fauteuil moelleux tout en bouquinant *Arc-en-Ciel*, le journal en rébus de l'île (seules les nouvelles secondaires ou négligeables étaient écrites en lettres). D'une boîte à cigares, il sortit une sucette qu'il savoura béatement en imitant les hommes à cravate qui se délectent d'un bon havane après une longue journée de boulot. M. Sofia, le père de Dafna, faisait ça autrefois, le sourire aux lèvres, en ignorant totalement la belle Mme Sofia.

– Chéri ! miaula Dafna en parodiant sa mère. Tu ne remarques rien ?

En bon époux adultisé jusqu'au trognon, Ari resta les yeux rivés sur les gros rébus qui formaient les titres de la première page. Ce journal n'était pourtant pas super passionnant. Il n'apprenait jamais rien à personne, vu qu'il racontait des péripéties périmées auxquelles tout le monde avait participé la veille !

Jouant l'épouse irritée, Dafna fila se visser une vieille casserole sur la tête et revint pour servir à Ari un lait de coco ; mais ce dernier ne remarqua pas la casserole. Dafna retourna en cuisine se coller des rondelles

de concombre sur la figure et lui rapporta gentiment des caramels rouges. Une fois de plus, Ari fit comme si elle n'existait pas en sirotant son lait de coco, le nez toujours fourré dans son *Arc-en-Ciel.* Exaspérée, Dafna revint en cuisine pour s'enfoncer des carottes dans les oreilles ; mais Ari feignit de ne rien voir.

Alors, soudain, ils se regardèrent et éclatèrent de rire.

Puis, fascinés l'un par l'autre, ils s'embrassèrent (avec la langue).

– On ne sera jamais des *bloody* vieux époux ! s'écria Dafna.

– Je jure de te regarder toujours, promit Ari.

– Non, pas toujours.

– Pourquoi ?

– Toujours, ça fait trop de dodos.

– T'as raison. Alors je jure que je vais te regarder jusqu'à demain matin…

Cet épisode eut sur la destinée des Coloriés une influence considérable. A compter de ce moment, les histoires d'amour et les mariages coloriés durèrent un seul jour. Quand un garçon et une fille se séduisaient, leur engagement réciproque n'était valable que jusqu'au lendemain matin. Tout réflexe de possessivité était dûment dénoncé par les Rapporteurs et sévèrement puni ; car Ari voyait dans cette attitude un vestige de la culture culottée, une façon d'aimer *sérieuse* (donc illégale). Sur la Délivrance, on se réveillait libre chaque matin, prêt à aimer de nouveau… le même ou un autre !

Le lendemain de cette heureuse journée, Ari eut tout de même un gros chagrin quand il vit…

7

… Hector qui s'avançait dans la rue centrale, monté sur un cheval blanc de prince (ce copieur avait peint en blanc les rayures noires d'un autre zèbre). Fièrement, il s'en allait chercher Dafna qui l'attendait devant chez elle, vêtue d'une robe de mariée improvisée. Désespérément garçonne, elle s'était tout de même peint des bottes de garçon sur les mollets ! Flemmard, Ari s'était réveillé trop tard. Il s'était fait doubler par ce chenapan d'Hector. Contrarié, Ari aperçut une foule immense composée d'animaux domestiques : de kangourous endimanchés, de girafes habillées de points d'interrogation, de chimpanzés à la mode, etc. Le peuple colorié au grand complet applaudissait le cortège nuptial en route vers l'église.

Ari s'en voulut d'avoir roupillé si longtemps.

Depuis l'aube, Hector avait tenté mille manœuvres avec ses mots pompeux et sucrés pour gagner le cœur d'artichaut de Dafna, pendant qu'Ari se prélassait au fond de son lit tiède. Cette déconvenue blessa d'autant plus ce dernier qu'une vieille rivalité le liait à Hector.

Et puis, Ari se retrouvait pris au piège des lois qu'il avait lui-même édictées ! N'avait-il pas, de son propre chef, décidé que les *love stories* des Coloriés ne devaient durer que le temps d'une partie et se terminer avec la nuit ?

Jaloux, il s'efforça de faire bonne figure devant son petit peuple et suivit en silence le cortège qui s'engouffrait dans l'église de bois. Dafna rayonnait dans sa robe faite de fleurs blanches tressées entre elles. Naturellement, elle éructait des mots verts à chaque occasion. Se marier, c'était visiblement le *game* préféré des *girls*. Mais un changement attira l'attention d'Ari et lui donna du baume au cœur.

Dans la nuit, ses *fellows* Coloriés avaient remanié les peintures sacrées du chemin de croix de l'église. Les tableaux représentaient désormais le calvaire d'un très jeune Jésus, environné d'une multitude de chenapans hilares (les Apôtres). Tous les visages de grandes personnes qui figuraient sur les toiles avaient été rajeunis par d'habiles petites mains. On leur avait dessiné des frimousses souriantes. La sculpture du Christ en croix, au-dessus de l'autel, avait également été rectifiée : le fils de Dieu était désormais un marmot aux traits poupins qui présentait toutes les apparences d'un sacré garnement ! Ari en fut bouleversé : ses compatriotes avaient enfin compris que leur révolte visait à fonder une société aux références totalement neuves. Sur la Délivrance, l'enfance ne devait plus être un âge mais bien une culture à part entière ! Jamais plus les Coloriés n'accepteraient de devenir des grandes personnes, même si leurs corps étaient appelés à se modifier au fil des saisons. Or il était impossible qu'une nation de galopins continue à prier un Dieu adulte. Son fils crucifié ne pouvait être qu'un godelureau fou d'amour pour son prochain, un blanc-bec généreux et rigolard, un acrobate souple en plein exercice sur une croix !

Autour d'Ari, la nation coloriée se pressait. Chacun s'était peint sur la peau des habits de noces amusants. A vrai dire, les bambins et les gamines étaient presque nus. Certaines s'étaient dessiné sur les fesses de fausses culottes (très élégantes) qui maintenaient l'illusion de la pudeur. D'autres arboraient des bijoux fictifs, ciselés à la perfection. Les garçons, eux, s'étaient ajouté des muscles supplémentaires en trompe l'œil. Nombreux étaient ceux qui s'étaient crayonné entre les deux yeux un point d'interrogation, par patriotisme colorié.

Le rôle du prêtre était joué par John (déguisé en prélat romain obèse). Il se trouvait assisté par deux chimpanzés de bonne humeur qui avaient revêtu une aube blanche. Le premier primate (dénommé Alfred) secouait un encensoir en poussant des petits cris tandis que le deuxième (qui répondait au nom de Gaston) tenait les anneaux en s'épouillant avec soin. Ces deux singes s'étaient pris de passion pour les rituels liturgiques et accomplissaient leur besogne avec dignité.

– *My dear friends*, ce mariage est *marvellous*, n'est-il pas ? lança John. Alors, si quelqu'un doit obstacler cette union, qu'il le fasse *right now* ou qu'il se taise à jamais !

– Moi, fit Ari en se levant, je m'obstacle à ce *terrible wedding* !

Contrariés, Alfred et Gaston frémirent. La salle se mit à murmurer.

– Peut-on connaître tes motifs pour *disturber* nos futurs jeunes mariés ? demanda John. *Are you serious,* Ari *?*

– Oui, répondit le Gorille. Je suis jaloux, affreusement jaloux !

– Le motif ne me paraît pas suffisant, *isn't it ?* rétorqua l'ecclésiastique temporaire.

– Moi, ça me fait super plaisir de rendre Ari jaloux, avoua Hector. Même que si ça pouvait le rendre dingue ou plutôt *dingo*, mon mariage serait encore plus excitant, voire *palpitant* ! J'aime que les autres soient très très envieux de moi.

– *Bloody hell,* t'es pas super romantique…, constata Dafna.

– Effectivement mon cœur, répondit Hector en éternuant. Mais pour agacer Ari, je n'ai rien trouvé de mieux que de t'épouser !

– T'es un super goujat, mais ça t'honore Hector de ne pas tricher ! Alors merde, je veux bien être ta femme jusqu'à demain.

– Ça c'est sûr que je suis un mufle ou plutôt un *malappris*, répondit le mari avec une candeur satisfaite. C'est donc en tant que butor que je te demande ta main…

– Au nom de l'Enfant Jésus et de toute sa clique de saints en culottes courtes, psalmodia John, je vous déclare mari et femme devant Dieu qui, comme chacun le sait, est colorié ! Allez, bécotez-vous ! Après, on ira goûter… J'ai une envie de me taper la cloche !

Les deux amoureux s'embrassèrent (un vrai baiser avec langue fourrée) sous les vivats des révoltés, tandis que Gaston glissait les alliances sur les doigts potelés des époux en grognant de satisfaction. Ari se retira (vexé comme un jeune pou) ; mais personne ne lui en voulut d'avoir été honnête.

Au sortir de l'église, une autruche attelée à une carriole attendait les époux de treize ans pour les emmener en voyage de noces. Hector et Dafna s'y installèrent sous une pluie de pétales de flamboyants ; puis ils démarrèrent. Une journée entière de lune de miel (l'un des délassements préférés des Coloriées) les attendait. Espiègle, Dafna avait réservé à Hector un divertissement auquel aucun amant débutant n'avait encore jamais goûté.

8

En arrivant au bout du cap des Orphelins, la pointe sud de l'île, Dafna arrêta la carriole et dit à Hector en imitant sa voix à la perfection :

– J'aimerais que jusqu'à demain tu sois moi et que moi je sois toi.

Stupéfait, Hector resta bouche bée.

– Mais mais mais, bégaya-t-il, c'est avec ma voix que tu causes, ou plutôt que tu *jacasses !*

– Essaie donc de prendre la mienne, *fucking boy* ! répondit Dafna en récupérant son propre timbre.

– Mais mais mais… je ne sais pas imiter, ou plutôt *contrefaire*.

– Tu as déjà essayé ?

– Non.

– Alors comment tu sais que tu ne sais pas ? *Bloody boy*, sois moi !

Hector ouvrit la bouche et, à son grand étonnement, parvint à copier la voix de Dafna sans trop de difficulté. Certes, la diction et les intonations étaient loin d'être impeccables ; mais en peu de temps Hector réussit à imiter son épouse fluette et sa façon intempestive de jurer. Les Coloriés se découvraient chaque jour des facultés nouvelles que l'éducation adultienne étouffe dans nos contrées.

– Tu veux bien être moi, ou plutôt *ma modeste personne* ? demanda Dafna avec la voix d'Hector.

– Je veux bien être toi, *bloody bastard*..., répondit Hector en adoptant le timbre et le langage vert de sa bien-aimée.

– Comme ça, on saura vraiment qui est l'autre ! s'exclama Dafna.

– Et on verra ce que c'est que de vivre avec soi ! Nom d'un zizi romantique ! ajouta Hector, excité comme un galopin.

L'échange des voix et des attitudes paraissait bien parti. Mais pour parfaire encore les choses au mieux, Dafna se peignit autour des yeux une paire de lunettes de bon élève (identiques aux binocles d'Hector). Ils foncèrent ensuite se baigner dans l'écume des vagues.

– Nom d'un œuf pourri ! s'exclama Hector. Comme il fait beau !

– Tu ne peux pas être un peu plus poli, ou plutôt *correct* ? répondit Dafna, choquée.

– Pourquoi, bordel de chierie de zizi en colère ?

– Parce que... ce n'est pas très classe, ou plutôt *élégant* ! répliqua Dafna qui, pour la première fois, se rendait compte de sa trivialité.

– Pas très élégant, chierie de mes couilles farcies au crachat de souris verte ?

– Arrête ! protesta Dafna. Je ne suis pas aussi vulgaire, ou plutôt *obscène* !

– Mais si, bordel de pipi en poudre ! Et toi aussi arrête de répéter *ou plutôt* à la fin de chaque phrase !

L'expérience guérit sur-le-champ Dafna de sa détestable manie de jurer. Confrontée à sa propre grossièreté, elle comprit ce jour-là que son habitude (peu ragoûtante il est vrai) anéantissait sa séduction et la rendait aussi attrayante qu'un vieux schnock mal embouché. Quant à Hector, il découvrit que ses expressions de premier de la classe, un tantinet prétentieuses, étaient super énervantes. A la suite de cette journée, il cessa donc d'ergoter sans cesse sur les mots qu'il employait et de chercher le terme juste avec maniaquerie.

Les Coloriés s'élevaient eux-mêmes en jouant ; ce qui leur permettait d'évoluer sans grandir. A l'abri des désirs de leurs parents, ces insoumis entraient dans la

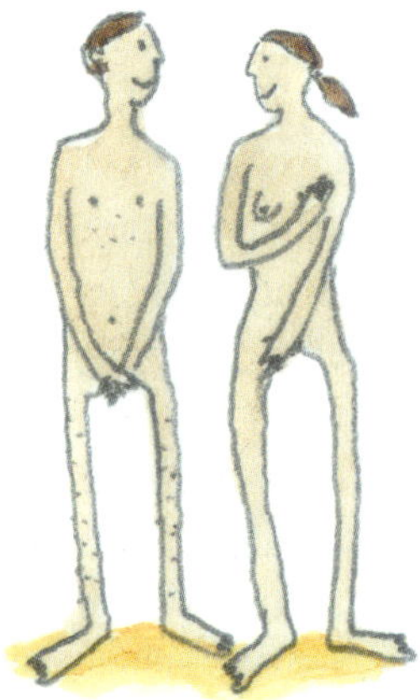

puberté en demeurant d'incorrigibles gamins ! Mais les seins des filles enflaient chaque jour et les jambes des garçons se couvraient de poils. Ces transformations physiques perturbaient les Coloriés chaque jour davantage, et c'est à cette époque que la nostalgie des parents revint en force.

Émigré à Pitcairn, Casimir n'avait jamais renoncé à l'idée de se venger de son frère cadet. De temps à autre, un Colorié félon lui rendait visite en douce pour l'informer de l'humeur du petit peuple de la Délivrance. Lorsque Casimir avait cafté aux Pitcairniens qu'Ari et ses révoltés avaient liquidé le dernier adulte de l'île, les habitants d'Adamstown s'étaient détournés de lui en prenant un air gêné. Ils ne voulaient surtout pas que cet *incident déplorable* fût connu des autorités britanniques ou françaises. Tout cela ne pouvait leur apporter que des ennuis ! Ils avaient donc choisi de ne pas se mêler de cette histoire abracadabrante et de continuer à faire comme si les Coloriés n'existaient pas.

Perfide, Casimir profita du trouble des esprits pour organiser son retour sur la Délivrance. Seul fils légitime de M. Chance, il sentait que le temps était venu de reprendre le pouvoir sur son île natale et de chasser ce *bâtard* d'Ari du trône qu'il s'était arrogé. Le grand projet de Casimir était de remettre cette tripotée de gamins mal élevés dans les fers d'une éducation réglée, à la chiourme sur des bancs d'école ! Si les Coloriés ne voulaient pas grandir, eh bien il saurait leur imposer une autorité de père !

En abordant l'adolescence, Casimir Chance avait laissé croître ses plus vilains défauts. Son hypocrisie s'était développée, son esprit envieux et jaloux se trouvait plus marqué et sa pingrerie était devenue aussi maladive que sa fourberie héréditaire. Ajoutez à cela un orgueil démesuré et une cruauté saisissante. Le fils aîné des Chance n'était de bonne humeur que lorsqu'il pouvait nuire, calomnier ou jouir de vexer un faible. Cependant, comme nombre de parents, il se persuadait de ne faire le mal qu'au nom de valeurs généreuses (*C'est pour ton bien, mon petit. Tu me remercieras plus tard !*). Dépravé jusqu'à la moelle, Casimir raffolait des coups tordus accomplis avec bonne conscience, dans un esprit de fraternité.

Mais que savait-il au juste de l'âge adulte ? Au fond, le jeune Chance se faisait une idée étrange des mœurs des grandes personnes ; car en dehors de ses parents maléfiques et de l'abject M. Silhouette (qui ne l'avaient éduqué, ou plutôt perverti, que jusqu'à douze ans), il n'en avait jamais fréquenté de près. Privé d'école depuis bientôt quatre années, exilé à l'autre bout de la planète sur une île peu courue, Casimir ne connaissait l'univers des majeurs qu'au travers des livres et des rares journaux qu'il avait pu chiper à Pitcairn. L'opinion que ce presque adolescent s'était faite de la civilisation adulte était donc fort éloignée de la réalité…

III

LES ADULTEUX

1

Un jour, le poisson frais vint à manquer sur la Délivrance. Le temps avait été si détestable que les cormorans n'avaient pas pu pêcher pour le compte des Coloriés pendant près d'une semaine. L'océan blanc d'écume et les tourbillons de vent rendaient toute sortie en mer périlleuse (les oiseaux les plus casse-cou ne s'y risquaient pas). Pour la première fois, les Délivrés connurent la faim. Certes, l'île ne manquait pas de ressources ; mais les enfants n'imaginaient pas comment se nourrir sans l'aide précieuse des cormorans. Ari eut alors l'idée de représenter sur des galets des poissons imaginaires et d'organiser un festin de ces cailloux peints (supposés délicieux).

– T'es pas un peu maboul ? lui avait demandé Hector en le voyant mettre la table avec gaieté, comme s'il s'apprêtait à se taper vraiment la cloche.

– Pourquoi ? L'autre jour, je t'ai donné une poire en te faisant gober que c'était une pomme, et tu ne t'en es aperçu qu'au quatrième quartier ! Il t'a suffi de croire que c'était une pomme pour que ça en devienne une vraie. Ce qu'on imagine, c'est presque la vérité.

– N'empêche que si je déguste un caillou, ça ne va pas me nourrir ! Et je chierai des graviers !

– Peut-être que ça te fera du bien, si tu le crois pour de vrai. Pas de chier des graviers, de becqueter des cailloux…

– Ari, si dans un cauchemar y a un dragon qui te court après, ce n'est pas super efficace de cavaler pour lui échapper. C'est plus malin de se réveiller pour de bon, si tu veux qu'il ne te casse-croûte pas.

– Sauf que si, en te réveillant, tu te retrouves en face d'un vrai lion, il vaut mieux rester dans ton cauchemar et trottiner très vite !

– Qu'est-ce que tu veux dire ?

– Dans les histoires, y a toujours des solutions.

Alors que dans la vraie vie, y en a moins… C'est pour ça qu'on a intérêt à croire aux histoires bonnes pour nous !

– Mais comment je pourrais me persuader que tes cailloux peints, c'est de la vraie nourriture ?

– En jouant à la dînette.

– En jouant *pour de vrai* ?

– *On dirait qu'on serait* chanceux et qu'on aurait pêché des tas de poissons-perroquets ! T'en veux un ?

Ari tendit à Hector un galet peint aux couleurs de l'arc-en-ciel. Ce dernier le saisit et les deux amis firent si bien semblant de s'en régaler qu'ils commencèrent bientôt à tromper leur estomac. La sensation de faim qui les tenaillait diminua effectivement. Rassasiés par ce plat fictif, ils se resservirent et en proposèrent aux autres. Amusée et intriguée par la mine satisfaite des garçons, Dafna se prêta au jeu, tout comme Mina. Ripaillant à leur tour de ces caillasses dessinées, les deux copines en éprouvèrent bientôt une vive satisfaction. Elles se pourléchèrent sans retenue de ces mets chimériques.

Ari fut si frappé par l'efficacité de ce jeu qu'il déclara en se levant de table :

– Dorénavant, dans le journal *Arc-en-Ciel,* on mélangera les nouvelles exactes et celles imaginées, vu qu'elles peuvent avoir le même effet ! On s'en fout qu'elles soient vraies ou fausses. Le seul truc important, c'est que les nouvelles soient captivantes !

– Il n'en est pas question, répondit calmement Marcel. Là, tu débloques ! Y a ce qui est vrai d'un côté et les racontars de l'autre, il ne faut pas tout confondre.

– Moi, répliqua Ari en adoptant une mine gourmande, quand j'ai fait hier des baisers partout à Julie, elle m'a répété que…

– T'as fait ça ? grogna Marcel en prenant un air terrible.

– Non, repartit Ari, mais tu viens de le croire et ça t'a fait la même chose que si ça avait été vrai ! Un coup au cœur identique ! Du pareil au même !

– Tu nous embrouilles avec tes histoires…, grommela Marcel.

– Donc hier quand j'ai fait des baisers partout à Julie, reprit Ari.

– Je croyais que c'était pour de faux ! s'emporta Marcel.

– Bien sûr ! Mais si ça avait été pour de vrai, il aurait suffi que tu t'imagines que c'était bidon pour ne pas être jaloux. La vie, c'est rien d'autre qu'une drôle d'histoire qu'on se raconte ! Alors autant se la raconter d'une façon qui nous arrange…

– Tu veux un coup de tête dans le pif ? menaça le grand Marcel. T'as fait des baisers à Julie, oui ou merde ?

– Là n'est pas la question, mon noble ami…, intervint Hector.

– Si, elle est là la question ! s'énerva Marcel.

Sentant qu'on se payait sa tête, le costaud distribua quelques paires de claques et ajouta :

– Puisque c'est comme ça, moi je vais à New York.

– A New York ? s'étonna Ari.

– Oui, chez Casimir !

– Casimir est revenu ?

– Oui.

– Et les Rapporteurs ne m'ont pas prévenu ? vitupéra Ari en devenant tout rouge. C'est une trahison !

Dafna eut alors le mot juste :

– Ari, plus un Colorié n'ose te parler. Tu t'énerves tout le temps…

– Qu'est-ce que c'est que cette histoire de *New York* ? balbutia le Gorille, paniqué.

2

En douce, Casimir et ses « Adulteux » – les partisans de la civilisation adulte s'appelaient ainsi entre eux – avaient bâti à l'autre bout de l'île des cabanes verticales dans les arbres. L'ensemble de ces gratte-ciel de bambou avait été baptisé New York. On y grimpait à l'aide d'« ascenseurs » rudimentaires qui fonctionnaient grâce à des poulies en bois et à un ensemble de contrepoids. Cette petite ville debout avait ses règles particulières qui en faisaient une sorte d'anti-Coloriage, une authentique capitale de l'*esprit culotté*.

Mais aucun des Adulteux n'avait jamais mis les pieds dans une métropole de grandes personnes. Aussi avaient-ils imaginé un mode de vie étrange qui, dans leur esprit, était une assez bonne réplique des mœurs (supposées) des cités occidentales. Dans ce New York-là, comique à force d'être sérieux, les Délivrés contestataires s'efforçaient *d'avoir des habitudes*, à la manière des Culottés d'Amérique. Logiques dans leur délire, les Adulteux se peignaient des costumes sombres sur la peau (avec cravate noire

et gilet gris), se dessinaient des montres à aiguilles fixes sur le poignet et passaient le plus clair de leur temps à *bosser* avec gravité. Entendez par là que les Adulteux s'interdisaient de jouer ; car pour eux, *bosser dur* signifiait *cesser de s'amuser*.

Comme on pouvait s'y attendre, personne à New York n'avait jamais le temps de rien. On ne parvenait à goûter avec quelqu'un qu'en prenant un rendez-vous noté à l'avance dans un agenda. Pour bien marquer le sérieux de leurs convictions, les Adulteux s'étaient même crayonné sur la figure d'illusoires paires de binocles. La plupart d'entre eux possédaient également des miroirs de poche – dérobés à Pitcairn – dans lesquels ils se contemplaient sans jamais se départir de leur distinction.

Ce soir-là, Casimir avait « revêtu » un habit à queue-de-pie pour prendre la parole devant l'assemblée des Adulteux. Sur le buste, il s'était peint une veste noire, une chemise blanche et un nœud papillon en trompe l'œil qui lui barrait le cou. La queue-de-pie proprement dite était composée de feuilles de bananier accrochées au-dessus des fesses. Ses lunettes imaginaires achevaient de lui donner un air extravagant.

– Mes chers concitoyens new-yorkais, l'heure est grave, commença Casimir sur un ton professoral (sans le faire exprès, il imitait Claque-Mâchoire). Les Coloriés ont faim et, au lieu de travailler pour se nourrir correctement, ils peignent des cailloux !

– N'empêche que nous aussi on a la dalle…, bêla une petite voix.

– Certes, et vous avez raison de le rappeler. C'est pourquoi il va nous falloir *travailler plus,* c'est-à-dire *jouer moins* ! Je vous invite donc à dénoncer sans état d'âme vos concitoyens si vous les surprenez à jouer à saute-mouton, à la marelle ou à d'autres futilités que je déclare illégales et passibles de fessées déculottées !

– Et si on n'a pas de vraie culotte ? murmura une fillette déguisée en dame (ses vêtements coquets et ses nombreux bijoux étaient dessinés sur sa peau nue).

– Eh bien on mettra des culottes de tissu aux coupables pour pouvoir les déculotter ! tonna Casimir. L'ordre adulte doit régner !

– Si y en a encore un qui fourre son doigt dans son nez ou qui fait mine de serrer un doudou, je lui colle un marron direct ! ajouta Marcel qui ne craignait pas de retourner sa veste. Les doudous, tétines et ours en peluche sont interdits sur notre territoire !

– N'empêche que nous on a quand même faim…, bêla à nouveau la petite voix.

– Parce que nous n'avons pas de parents, répliqua Casimir. Tout le mal vient de là. Sans parents, nous sommes sans protection, livrés aux vents capricieux du destin. Nous les Adulteux, nous avons donc le devoir de devenir *les parents de l'île*.

– Moi aussi ? fit la petite voix (le minot devait avoir neuf ou dix ans).

– Oui, tous nous allons nous raconter que *désormais les parents c'est nous* ! Parce qu'il faudra bien éduquer les Coloriés, les corriger, les redresser. On ne peut plus les laisser vivre toutes leurs envies ! Et échapper aux désirs légitimes de leurs parents !

– Ces sales mioches se croient tout permis sans le moindre permis ! renchérit Marcel.

– Dès qu'ils veulent faire quelque chose, ils le font ! s'indigna Casimir. Dès qu'ils désirent un objet, ils l'imaginent ! Dès qu'ils rêvent d'une histoire, ils se la racontent !

– Sans jamais bosser ! grogna Marcel.

– N'empêche que nous on a faim…, insista la petite voix (qui était celle de Napoléon, le fils du gros nigaud qui avait été l'unique policier de la Délivrance).

– La seule solution, improvisa Casimir (sans trop savoir ce qu'il allait proposer), … c'est *d'être des parents* !

– De qui ? demanda le minuscule.

– De de…, bredouilla Casimir, des singes !

– On va être les parents des singes ? s'étonna une petite fille.

– Pour s'exercer ! Parce qu'être parent, ce n'est pas un sport facile ! Il faut s'entraîner…

3

Les Adulteux commencèrent par reconstruire une école dans un gratte-ciel ; entendez une cabane verticale neuve qui occupait toute la hauteur d'un grand pin. Les plus ingénieux bricolèrent un tableau noir, des bancs et des pupitres équipés de menottes (pour y amarrer les élèves récalcitrants). Casimir traça un alphabet d'adulte sur un panneau et interdit formellement à ses troupes d'écrire en rébus. Puis il rédigea en toutes lettres les règles de la vie en société adulteuse : *il est interdit de rire trop souvent, de prendre les choses à la légère, d'être illogique,* etc. Ensuite, il dicta à Napoléon qui avait une belle écriture le règlement de l'école : *obligation de ponctualité, d'accepter que le maître sache mieux que soi ce qui est bon pour soi,* etc. Ces règles gravées sur papier, fixes et indiscutables, mettaient un terme au flou qui régnait auparavant.

Quand tout fut prêt, on entreprit de capturer les chimpanzés les moins rétifs et les frivoles lémuriens afin de corriger leur gaieté naturelle et de les dresser. Pour faire correctement les choses, Casimir envoya un

RÈGLES
ÉCOLE
singe capturé

escadron d'Adulteux en ville : ils chapardèrent dans le vestiaire du théâtre les blouses grises de jadis. Les singes furent contraints de les porter pendant les heures d'école, auxquelles assistaient les Adulteux installés au fond de la classe. Casimir ne plaisantait pas sur le chapitre de la discipline. Pour bien le signifier, il n'effaçait plus jamais les fausses lunettes dessinées sur sa figure sévère. Dès le premier cours, il fit d'ailleurs l'appel lui-même :

– Gaston Field (le chimpanzé de June avait hérité du patronyme de sa jeune maîtresse, Casimir ayant tenu à rétablir l'usage des noms de famille), on répond *présent* ou on lève la main !

– Hu ! Hu ! avait crié Gaston, apeuré, en levant son bras (pour se protéger) lorsque Casimir l'avait menacé avec sa longue règle.

– Poursuivons… Alfred Furia (Alfred avait été adopté par Marthe Furia, la fille de l'ex-pharmacienne).

Alfred ne répondit rien (alors qu'il faisait un *excellent petit singe de chœur* à l'église). Il fut donc condamné à porter un bonnet d'âne et à subir le supplice du coin pendant une heure (soixante minutes précisément, car Casimir avait rendu obligatoire à New York l'usage des cadrans solaires).

Comme on pouvait le craindre, les primates se révélèrent de piètres élèves, trop dissipés, sans cesse occupés à se gratter les aisselles ou à grimacer tels des fripons. Les plus effrontés se tripotaient même le nombril (ou le zizi) en classe, sous leur blouse grise. M. Chance (Casimir exigeait à présent qu'on lui donnât du *monsieur*, alors que ce tyranneau n'avait que seize ans !) fit donc pleuvoir des punitions terribles sur sa classe de cancres poilus. Les singes inattentifs et retardataires durent expier leur légèreté d'une façon inattendue ; car la distraction et le manque de ponctualité relevaient de l'infraction la plus grave selon le règlement de papier de l'école.

– Gaston Field, pouvez-vous me répéter les noms des rois de France par ordre alphabétique, en citant également leurs dates de naissance et de mort ? demanda un matin M. Chance. Sans oublier le poids exact de leurs enfants et la couleur précise des cheveux de leurs neveux.

Naturellement, le brave Gaston eut quelques difficultés à prendre la parole (malgré une évidente bonne volonté) et à se souvenir de tant de détails.

– Je constate que vous n'écoutiez pas ! Gaston, vous me décevez... J'en parlerai à vos parents et veux croire que votre chère mère (la petite June) saura vous réprimander avec fermeté !

– Hu ! Hu ! grogna le Gaston, inquiet.

– Quelqu'un peut-il répondre à sa place ? lança Casimir à sa classe de guenons et de mâles velus.

Muets, les singes ne bougeaient plus.

– Personne... Je vois ! On fait les fortes têtes ? Eh bien, vous serez tous punis, tas de paresseux ! Vauriens qui profitez de ma bonté d'âme et de ma nature indulgente !

– C'est pas un peu injuste de les enguirlander ? objecta Napoléon du fond de la classe.

– Si, parfaitement ! Mais les parents sont là pour apprendre aux enfants l'injustice de la vie, répliqua Casimir avec aplomb. Bande de cancres, je vous condamne tous à aller cueillir pour vos parents les fruits qui sont dans les arbres ! Vous les rapporterez à la maison dans vos cartables ! Et que ça saute !

– Un peu d'ordre et de tenue ! tonna Marcel (que les singes redoutaient). On laisse sa blouse sur le porte-manteau qui est marqué à son nom de famille !

Cette punition souvent reconduite permit aux Adulteux d'améliorer leurs repas ; car les cormorans, cet hiver-là, eurent du mal à sortir en mer tous les

jours. Mais une question essentielle et obsédante restait à régler à New York. Un soir, Marcel l'aborda franchement avec Casimir, à *l'heure du thé* (qui avait remplacé l'heure du goûter).

– Monsieur Chance, commença Marcel en se servant une tasse d'eau chaude (vu qu'on n'avait pas de thé sur la Délivrance), nous avons un délicat problème : pour jouer aux parents, il faut qu'on soit des parents. En couple, j'veux dire.

– En premier lieu, mon cher Marcel Fracasse (Fracasse, c'était le nom de ses parents), nous ne *jouons* pas aux parents, nous *sommes* de véritables parents.

– Pardon, monsieur, s'excusa le gamin en reniflant.

– Monsieur Fracasse, votre observation me paraît judicieuse, à condition que les Adulteux consentent à former d'authentiques *couples d'adultes.*

– Qu'entendez-vous par là, monsieur ? (Les Adulteux fiers de l'être mettaient un point d'honneur à se vouvoyer.)

– Il ne s'agit pas de se conduire comme des amoureux rigolards, de se laisser aller à une joie de vivre *puérile* qui pue l'enfance. Les vrais couples d'adultes doivent s'ennuyer ensemble.

– S'ennuyer ? reprit Marcel, estomaqué.

– Parfaitement, et s'ennuyer l'un l'autre, se chercher toujours des noises, s'agacer au moins une fois par soirée, se cribler de reproches, en vouloir à l'autre ! Et surtout regarder la télé !

– C'est quoi la *télé* ?

– A New York, les adultes dignes de ce nom observent cette invention plusieurs heures par jour. On n'est pas un véritable New-Yorkais si on n'a pas l'habitude de la regarder à heure fixe, je peux vous l'affirmer.

– Mais c'est quoi exactement une vraie *télé* ?

– Une boîte bavarde qui dit la vérité.

– On trouve ça où ?

– Fabriquez une boîte sans fond, posez-la sur votre fenêtre et attendez sagement que je passe devant chez vous pour parler dedans. C'est moi qui viendrai dire la vérité tous les soirs à la même heure, puisqu'il faut bien que quelqu'un s'y colle...

– A New York, ils matent donc la télé et les amoureux se disputent tout le temps, *au moins une fois par soir...*, récapitula Marcel, dérouté.

– Oui.

– Vous êtes sûr de vous ? redemanda Marcel, dubitatif (il n'avait pas conservé un souvenir désagréable de sa petite enfance en famille).

– Aussi certain que je vous vois devant moi, monsieur Fracasse. Mes parents avaient l'habitude de se chamailler dur à la maison et, croyez-moi, M. et Mme Chance furent d'authentiques parents ! Querelleurs, briseurs d'assiettes, des gens sérieux qui regrettaient amèrement de s'être mariés ! De vrais adultes, fiers de se disputer !

– Les miens n'étaient pas tout à fait comme ça..., osa avancer Marcel.

– Monsieur Fracasse, votre mémoire vous trahit sans doute, coupa Casimir. Je n'accepterai les couples à New York que s'ils se comportent en adultes réels, s'ils sont capables de se critiquer sans cesse en ne manifestant pas le moindre humour ! Suis-je suffisamment clair ?

– Oui, oui…

– Si vous souhaitez rester en ménage avec madame Julie, vous me ferez donc le plaisir de vous engueuler chaque soir en présence d'Arthur, tout en regardant la télé. C'est bien Arthur, votre petit chimpanzé ?

– Oui.

– Eh bien, Arthur a droit à de vrais parents qui lui donneront le bon exemple. Auriez-vous par hasard une sucette ?

– Non, répondit Marcel avec orgueil, j'ai décidé d'arrêter.

– Moi aussi, je devrais arrêter…, soupira Casimir en se resservant une tasse d'eau chaude (en guise de thé). C'est dangereux pour la santé… On devrait dire ces choses-là à la télé !

Contrarié, M. Chance jeta un œil sur sa tasse remplie d'eau et la renversa en déclarant :

– Il faudrait que j'arrête aussi le thé… C'est mauvais pour mon cœur.

En rentrant chez lui (au dix-septième étage de sa « cabane-ciel », nouveau nom des gratte-ciel), M. Fracasse trouva Julie attablée avec Arthur. Ils dégustaient des bananes que leur chimpanzé adoptif (et dressé) avait été leur cueillir dans les plus hautes branches d'un bananier sauvage.

– T'es qu'une chipie, une rapporteuse et tes goûters

sont de la crotte de girafon ! lança Marcel en jouant la mauvaise humeur.

– Ça va pas la tête ? riposta Julie. Mes goûters sont super bons !

– Ah ! Ah ! Laisse-moi rire, crâneuse ! Pintade ! Et maintenant ne m'énerve plus, on va regarder la télé.

– La... quoi ?

– La télé ! fit-il en attrapant un petit théâtre de marionnettes qu'il posa sur le bord de leur fenêtre. A New York, là-bas, les vrais adultes ils la zyeutent pendant des heures, alors nous aussi on va la regarder ! déclara-t-il en s'affalant sur une branche.

Marcel fixa longuement le petit théâtre de bois que rien n'animait.

– Qu'est-ce que tu fais ? finit par lui demander Julie, un peu surprise.

– Je m'ennuie... même si je n'ai aucun don pour ça.

– Tu as l'intention de t'ennuyer longtemps ?

– Je m'exerce, sinon on ne sera jamais un vrai couple adulte. Tu comprends, le but d'un amour de grandes personnes c'est de s'ennuyer à deux.

– Pendant combien de temps ?

– Jusqu'à ce que la télé dise la vérité, répondit-il en observant toujours le prétendu poste de télévision.

Au bout d'une demi-heure, l'étrange lucarne s'anima. La tête de M. Chance apparut dans le petit théâtre. Le visage affligé d'un dessin représentant de grosses lunettes, il déclara avec solennité :

– Bonsoir, vous êtes bien sur Télé-Délivrance, la chaîne des Rapporteurs qui disent la vérité !

– Bonsoir, répondit poliment Marcel (qui ignorait qu'on ne doit pas discuter avec la télé, que les vrais adultes se contentent de l'écouter sagement).

– Adulteux, adultons sans faiblesse !

– Ça veut dire quoi *adulter* ? murmura Julie.

– Chut ! souffla Marcel. C'est un nouveau verbe…

– Dorénavant les gros mots et les points d'interrogation seront interdits, décréta Casimir. Nous aurons des certitudes et des habitudes à la place de nos envies. Les désirs de nos parents pourront également remplacer les nôtres. On ne frivolera plus. L'usage des conjugaisons au passé est restauré. Le port de la montre (même peinte) sera désormais obligatoire et la valeur d'un objet ne dépendra plus de sa *jouabilité*.

Les billes, les bilboquets, les Yo-Yo, les poupées (même jolies) et les ballons ne vaudront plus rien. Vous devrez donc les ignorer et vous contenter de bosser.

– Pourquoi ? demanda Julie, dépitée.

– Silence ! On ne répond pas à la télévision !

– Pourquoi ?

– Si vous refusez d'adulter correctement, vous serez condamné à être discipliné à l'école, avec les enfants et les primates ! A New York, la vie n'est pas une récréation ! L'heure est donc venue d'éduquer les Coloriés et d'abolir leurs sales manies de chiards. Si nous sommes parvenus à dresser les singes de la Délivrance, nous réussirons à apprivoiser les enfants indomptés de notre patrie adultienne !

4

Le lendemain, John, Dafna et une poignée de Coloriés délurés furent capturés par les Adulteux, alors qu'ils jouaient à la cavalcade, le sport national des Coloriés sur lequel nous reviendrons. Toute l'équipe des Futiliens s'entraînait sur des chevaux imaginaires (figurés par des bâtons à tête de canasson) quand ils furent culbutés par les hommes de main de Casimir.

Ces derniers étaient lunettés au pinceau et habillés de costumes cravates noirs peints en trompe l'œil. Aussitôt, Marcel (le chef de l'escouade adulteuse) s'écria :

– Mettez-leur tout de suite les blouses grises sur le dos ! Je ne veux plus voir le costume bariolé de leur équipe (des couleurs en damier dessinées sur leur peau) ! Et emmenez-les !

– Nous avons le droit de savoir où nous allons, n'avons-nous pas ? protesta John.

– A l'école, sale moutard ! répliqua Marcel, hautain (il devait avoir le même âge que John). On va t'éduquer !

Casimir reçut lui-même les captifs à l'entrée de New York. Sans traîner, il les fit enchaîner à leur banc, dans la salle de classe qu'il avait fait édifier pour redresser les Coloriés. Dafna, John et les autres se retrouvèrent aux côtés des singes (déjà matés) qui portaient les mêmes blouses d'écolier qu'eux (celles qu'on avait jugées désormais trop petites pour les Coloriés).

– Vous m'appellerez désormais monsieur Chance, déclara Casimir sur un ton cassant. Mais je veux être votre ami, votre meilleur soutien… Mon devoir moral n'est-il pas de vous sauver de vous-mêmes en vous élevant, mes chers petits ?

– Bordel de zizi énervé ! Je t'emmerde, Casimir ! rétorqua Dafna, irritée par ce petit enfoiré aussi manipulateur que son maître (le perfide Claque-Mâchoire).

Sans hésiter, Casimir assena un coup de règle sur les doigts de Dafna. Elle hurla et se mit à pleurer. Puis, doucereux, il ajouta :

– Ne me contraignez pas à user de la force, mademoiselle Dafna, ou à exercer des représailles sur votre vulnérable petite sœur. Cela me désolerait, moi qui suis si doux… Que disais-je déjà ? Ah oui… Cette école a été fondée pour atteindre trois buts. Le premier est de vous contraindre à tempérer vos désirs ! cria-t-il.

– *My dear fellow,* répondit John, arrête de gueularder. Nous ce qu'on aime c'est turbuler quand ça nous chante. Et ça, tu n'y peux rien !

– Monsieur John, répliqua vertement Casimir, je ne vous autorise pas à me tutoyer. Ici, à New York, tout le monde se vouvoie ! Et vous me ferez le plaisir de ne plus utiliser de termes impropres : *gueularder* et *turbuler* ne figurent dans aucun dictionnaire adulte !

– *My dear fellow,* c'est de la triche de nous attacher aux bancs comme des galériens ! Et quoi que tu baratines, nous autres les libres enfants de la Délivrance, on parlera le colorié sans se cachecacher. On dira *loirer* pour *dormir, Culotté* à la place d'*adulte* et *maisonner* au lieu d'*habiter* ! Et pour *argent* on ne baragouinera rien parce que pour nous les sous n'existent pas !

– Nous verrons bien, monsieur John, combien de temps vous ferez le fier…, ricana Casimir. Voulez-vous savoir pourquoi ?

– Moi, je donne ma langue au chat, murmura une petite en lissant ses couettes.

– La réponse est facile, dit Dafna avec un petit sourire. Mon premier est l'animal préféré des Égyptiens, mon second fait plus de bruit qu'un prout de Culotté…

– Ça suffit les charades ! éructa M. Chance. On ne joue plus ! Que vous le vouliez ou non, je vous adultiserai ! Quant au deuxième objectif de cette école, il est simple : vous obliger à revenir à l'écriture latine. Les rébus enfantins, c'est terminé !

– Jamais on n'écriturera comme des Culottés ! tonna John. Nous autres, on continuera à rébuser, à jouétiser les objets, à se confiturer des blagues, à chenapaner et à zouaver tant qu'on pourra !

– Tu n'arriveras pas à nous sérieuser, vilain ! conclut Dafna.

– On se récréationnera dès qu'on pourra ! ajouta la gamine qui jouait avec ses couettes.

– Le Gorille vous a ensorcelés, constata Casimir, navré.

– Non, répondit John. Mais quand il nous parle, il nous romanesque, alors que toi tu nous barbes.

– Le troisième but de cette école adultienne, poursuivit Casimir à bout de nerfs, est de vous préparer à un vrai métier de grande personne, utile.

– Moi, de toute façon, je serai astucienne ! déclara Dafna.

– Et moi futilien ! affirma John qui aimait désérieuser les situations graves.

– J'ai dit *utile* ! rappela Casimir.

– Pour qui ? demanda John, faussement naïf.

– Écoutez-moi bien, bande de petits paresseux, reprit Casimir, plus menaçant que jamais. Nos singes ont été dressés pour nous rapporter les fruits des plus hautes branches. A New York, nous n'avons plus faim alors que les Coloriés crient famine, je le sais. Le temps est mauvais cet hiver, les cormorans ont du mal à sortir en mer. Or les Coloriés ne pourront pas indéfiniment faire semblant de manger des cailloux peints. S'ils veulent qu'on les nourrisse, ils devront accepter de retourner à l'école, celle des Adulteux. Il n'y aura donc bientôt plus personne pour venir vous libérer ! Ah ! Ah ! Vous devriez vous soumettre tout de suite… Comme des caniches !

– Il n'y aura bientôt plus personne pour venir vous libérer ! Ah ! Ah ! Vous devriez vous soumettre tout de suite, répéta Dafna en imitant Casimir à la perfection.

– Qu'est-ce que tu viens de faire ? Tu as copié ma voix ?

– Oui, j'ai fait la copieuse, répliqua Dafna. Pour que tu entendes toi-même comment t'es vilain quand tu parles comme ça.

– Vous pensez que je ne serai pas cap de faire ce que je dis ? lança l'abject M. Chance en ricanant. Eh bien, vous avez tort ! Je ne nourrirai les Coloriés que s'ils reprennent le chemin de l'école, en rangs serrés !

– Ils ne céderont pas, même si t'es cap ! répondit fièrement Dafna.

– Ils n'auront pas à céder plus tard puisqu'ils acceptent déjà ! Ah ! Ah !

Sûr de lui, Casimir leur désigna un groupe de Coloriés amaigris qui arrivaient la tête basse devant l'entrée de New York. Mina, Petit Jean et d'autres encore se laissaient docilement mettre sur le dos des blouses grises qui éteignaient leurs couleurs flamboyantes.

Faméliques, les Coloriés vaincus par la faim se précipitèrent sur les fruits que leur jetaient avec mépris les « hommes de main » de Casimir. Sans attendre qu'ils soient rassasiés, Marcel donna un coup de sifflet (celui de l'ancien policier de l'île) et s'écria :

– Allez, en rang par deux. C'est l'heure de l'école maintenant. On va vous éduquer, sales mioches !

– Il ne leur manquait que des parents…, commenta Casimir qui jubilait enfin de voir l'*ordre adulte* s'imposer à nouveau sur la Délivrance.

L'œil allumé, il ajouta :

– Vous me pardonnerez, mais il faut que j'aille accueillir les nouveaux venus… à ma manière musclée, cela va de soi ! Ces dévoyés devront être corrigés, et mis dans les fers de l'école ! D'ici quelques jours, on en fera de vrais Adulteux !

Désolés, John et Dafna frémirent. Qu'allaient-ils devenir ? A cet instant, ils crurent l'un et l'autre que la civilisation coloriée n'était pas loin de s'écrouler. Contre la faim, comment les partisans d'Ari pourraient-ils résister longtemps ? Tous restaient persuadés qu'ils ne pouvaient pas se nourrir sans l'aide des cormorans. Sans se rendre compte que cette croyance tenace les rendait aveugles aux ressources alimentaires de l'île.

5

Ari était inquiet. L'arrestation de Dafna par les hommes de main de Casimir l'avait troublé plus qu'il ne l'aurait souhaité. Cette fille exerçait sur lui une attraction tenace qui menaçait son esprit d'indépendance (les seins naissants de Dafna étaient déjà assez ronds pour le laisser rêveur). Prudent, Ari avait pourtant fait son possible pour demeurer libre. N'avait-il pas interdit expressément les *love stories* de plus d'un jour ? Mais il ne parvenait pas à détacher son esprit de cette *girl*-là, à s'enticher d'une autre Coloriée. La morsure du manque, le souvenir des heures légères qu'ils avaient partagées, tout cela le plongeait dans une nostalgie persistante (sentiment qu'il avait pourtant déclaré illégal).

– Elle me paradise..., avait-il confié à Hector qui, lui, ne confiturait des compliments aux *girls* que pour obtenir un baiser (avec la langue), les chatouiller en rigolant ou leur piquer un Yo-Yo.

Le cœur d'Hector n'était pas celui d'un grand amoureux.

– Moi j'aime bien zouaver avec Dafna, avait répliqué ce dernier. Mais bon… une fille, c'est jamais qu'une *girl* !

– Celle-là, elle me romanesque plus que les autres… Quand elle me sourit, je me crois dans une histoire, presque dans une aventure…

– T'énormises tout… Dafna, c'est quand même qu'une *girl* !

– On ne peut pas la laisser se faire adultiser par Casimir.

Cette idée obsédait Ari : il devait délivrer sans délai sa princesse, exposée aux plus dégradantes influences adulteuses ! Courageux, il se voyait bien enfourcher un destrier blanc (un zèbre aux rayures noires peintes en blanc) pour affronter son frère ennemi à la loyale, au sabre de bois ou au lance-pierre. Mais pour tenter une opération d'envergure (organiser une évasion surprise ou une attaque rusée), Ari manquait désormais de troupes. Les Coloriés maigrissaient à vue d'œil et siestaient en s'offrant d'interminables ronflettes ; ou bien, exténués, ils se rendaient aux hommes de main de Casimir qui leur promettaient de la nourriture et même des desserts (s'ils acceptaient de reprendre illico le chemin de l'école).

– On ne va tout de même pas se laisser avoir par cette couille molle de Casimir ! s'était exclamé Ari sur la place centrale de Coloriage.

– Les cormorans n'osent pas sortir en mer…, avait risqué un freluquet chétif aux cheveux en broussaille.

– Y a qu'à…

– … manger des cailloux peints ? On n'en peut plus ! avait rétorqué Hector (lui-même assez efflanqué).

– Alors…

– Alors quoi ? avait demandé une fillette maigrelette.

– Alors s'il n'en reste qu'un, je serai celui-là ! déclara Ari. Si vous êtes assez poule mouillée pour obéir aux Adulteux contre une part de dessert, partez tout de suite ! Moi je veux vivre au milieu d'un peuple d'enfants libres et fiers de l'être ! Casimir veut nous adultiser ? Eh bien, colorions, jouaillons, turbulons !

Envoûtée, la foule enfantine applaudit à tout rompre (les chimpanzés et les lémuriens aussi). Puis, remuée par un vif sentiment patriotique, elle entonna spontanément l'hymne local, le vieux chant révolutionnaire des Coloriés qui stimula les morveux affamés et réchauffa les jeunes cœurs :

Aux armes Coloriés !
Formez vos bataillons !
Colorions, colorions.
Qu'un sang d'Culotté
Abreuve nos sillons…

On s'époumonait avec ferveur, comme pour s'assurer qu'on avait eu raison de se convertir jadis à l'enfance, d'embrasser la cause d'Ari et de liquider le dernier adulte de l'île. Tous tenaient à leurs jeux sans fin, à vivre dans des cabanes et à échapper aux anciens désirs de leurs parents. Chacun voulait s'entêter à n'imiter que soi, à ne jamais copier les Culottés ! Personne ici n'aurait accepté de vivre à la remorque d'une grande personne constipée, empaillée ! Porté par ce tumulte exubérant et ce tintamarre nationaliste, Ari s'avança jusqu'à Hector et lança avec exaltation :

– Les papas et les mamans, ça n'existe plus ! Même quand on aura des enfants !

– On est tous égaux ! cria Hector.

6

Marcel voulait bien être l'*homme de confiance* de M. Chance, engueuler copieusement les « élèves » des Adulteux et enfermer les oiseaux de l'île dans des cages pour satisfaire Casimir. Mais cela ne faisait pas de lui un adulte modèle. Marcel avait deux faiblesses : il raffolait des billes et des dés, jeux dont l'usage était formellement interdit. C'était plus fort que lui. Dès qu'il voyait des billes, Marcel éprouvait un besoin irrépressible d'y jouer, de se lancer dans des poursuites, de flanquer une piquette à un adversaire. Les dés le démangeaient pareillement dès qu'ils se trouvaient à portée de main, prêts à être lancés. Naturellement, Marcel se retenait de chaparder de tels objets prohibés, vu que Casimir ne rigolait pas avec la discipline. Mais Marcel n'avait pas eu le courage de se débarrasser de sa collection personnelle de billes et de dés qu'il allait régulièrement admirer en douce. Parfois, il se risquait même à y jouailler un peu, histoire d'assouvir cet indécrottable *besoin de jouer*.

C'est ce qui arriva ce matin-là.

Marcel portait le costume réglementaire des Adulteux dessiné sur sa peau. Il avait placé un calot métallique à trois pas et s'efforçait de le viser avec une splendide agate de verre. La bille s'envola et vint frapper le calot. Marcel soupira de satisfaction et se baissa pour les ramasser quand… une vraie chaussure de cuir lui écrasa la main (les Adulteux possédaient des paires de grandes personnes, récupérées dans le vestiaire du théâtre).

Marcel se redressa et vit alors le visage de Casimir, blême et immobile.

– Je, je…, bredouilla-t-il. Je ne voulais pas que ça traîne par terre…

– Monsieur Marcel, votre nez s'allonge…, susurra Casimir excédé. Savez-vous quel supplice je réserve aux sales petits menteurs ?

– Non…

– Préférez-vous le savoir et que je vous inflige ce châtiment ou m'obéir et que je vous épargne cette punition ? Qui pourrait bien s'abattre également sur madame Julie, votre amoureuse !

– Je préfère vous obéir, répondit le costaud en tremblant.

– Est-ce bien là votre choix spontané, monsieur Marcel ? Vous n'aurez pas le front de me dire ensuite que je vous y ai contraint !

– C'est mon choix spontané, comme vous dites…

– Je suis donc prêt à pardonner votre pitoyable partie de billes si, par patriotisme adulteux, vous mettez du cœur à dénoncer chaque matin les Délivrés qui se permettront de *jouer* sur mon territoire, malgré mes ordres stricts !

– Bien, je le ferai.

– Veuillez répéter votre phrase, je vous prie, en y mettant cette fois plus de sincérité.

– Bien, je le ferai !

– Ce manque d'authenticité me chagrine, monsieur Marcel..., articula Casimir en imitant l'air froissé de feu Claque-Mâchoire. On sent dans votre voix un manque flagrant de naturel, de fougue. La soumission peut être un plaisir, vous ne le saviez pas ?

– Bien, je le ferai ! répéta Marcel avec un enthousiasme forcé.

– Mieux que ça !

– Je le ferai ! brailla Marcel en s'obligeant à sourire.

– Ça commence à venir... Me trouvez-vous cruel ou méchant ?

Marcel ne savait plus quoi répondre. S'il répondait *cruel*, il s'exposait à des remontrances sévères et s'il disait *méchant*, son maître pouvait lui infliger d'âpres réprimandes.

– Ni l'un ni l'autre, murmura-t-il.

– Puisque vous n'avez pas répondu *cruel*, je suppose que vous me trouvez trop gentil... Je vais donc me ressaisir : demain vous dénoncerez cinq de vos petits camarades... et vous-même ! Comme cela vous partagerez leur châtiment !

– Et si je n'en trouve que quatre ?

– Allons, monsieur Marcel, faites preuve d'un peu d'imagination... Je ne vous demande pas de dénoncer cinq vrais fautifs mais cinq à qui ça fera les pieds d'être désignés comme coupables.

Casimir fonctionnait selon les mêmes principes que son maître de jadis, mais en pire. En effet, dès le lendemain matin, quand Marcel accusa cinq Adulteux (Salomé était censée avoir joué à la marelle, June avait commis le forfait de bercer un doudou, etc.), ils s'attirèrent cette réflexion de Casimir :

– Savez-vous quel supplice je réserve à ceux qui se conduisent comme des chiards ?

– Non..., chuchota une fillette (qui avait eu l'audace de coiffer sa poupée).

– Préférez-vous le savoir et que je vous inflige ce châtiment ou m'obéir et que je vous épargne cette punition ?

– Vous obéir ! répondirent-ils tous d'une seule voix.

– Je suis prêt à vous pardonner vos *joujouteries* puériles si vous acceptez de dénoncer chaque matin les Délivrés qui se permettront de *jouer*, malgré mes ordres stricts !

Tous y consentirent.

Ils acceptèrent même de capturer des oiseaux de l'île pour les mettre en cage. Cette activité enchantait Casimir qui, dans une autre vie, avait dû être directeur de prison, modeste geôlier ou tortionnaire d'insectes.

C'est ainsi que M. Chance se constitua une armée de Cafteurs qui lui permirent de régner par la terreur sur les Adulteux et leurs élèves. Rares étaient les punitions qui s'abattaient réellement sur ses troupes ; les remises de peine se monnayaient aisément en dénonçant les autres. On s'accusait réciproquement, on se diffamait, on se soupçonnait à l'infini. Dans cette marée de délations et de commérages infects, personne ne songeait plus à contester l'autorité de l'inquiétant M. Chance.

Chaque fois qu'un Colorié studieux et soumis était admis au rang d'Adulteux parce qu'il, ou elle, était jugé suffisamment sage ou faux cul, Casimir le priait de se peindre de fausses lunettes austères autour des yeux ; puis il lui remettait solennellement une *carte d'identité*. Ce document certifiait que son porteur était devenu une personne de qualité puisqu'on pouvait le chiffrer en indiquant par exemple sa hauteur en centimètres, son poids en kilogrammes, son matricule et le chiffre exact du jour où elle était née. Ces informations précises plaisaient à M. Chance ; elles lui confirmaient que les Adulteux devenaient peu à peu d'authentiques New-Yorkais calibrés, mesurés, pesés, immatriculés.

Malgré son indéniable réussite, Casimir ne rêvait que d'une chose : attraper l'âme de la révolte des Coloriés, le rouquin rebelle qui restait introuvable. Cet empêcheur de tourner en rond (on dit *emmerdeur* en bon français culotté) ne réapparaissait que pour rappeler aux Délivrés qu'ils avaient le droit de bavarder comme des pies, de chialer pour un oui ou pour un non, d'être gaiement contradictoires et d'écouter tous leurs désirs ! Tant qu'Ari resterait libre, l'ordre des Adulteux ne serait pas assuré sur la Délivrance. Casimir voulait coûte que coûte trancher la tête de son frère pour la transformer en ballon de football.

7

Ari était désormais très affaibli. Ses dernières troupes coloriées s'étaient rendues affamées à Casimir. Ne restait plus à ses côtés que son ancien adversaire, le fidèle Hector, dont on voyait à présent les os. Traqués, les deux amis avaient décampé de Coloriage pour se réfugier à leur tour dans les branchages inaccessibles des grands kaoris.

Pour tuer le temps, Ari et Hector faisaient des parties de dés, ploufaient à n'en plus finir et jouaillaient en utilisant des gros mots, par esprit de résistance. Contraints par la faim, ils durent changer de croyances et inventèrent une authentique cuisine coloriée qui n'avait rien à voir avec les mets des Adulteux. Excités par leur projet, nos deux cuistots faméliques se préparèrent des tartines de jaune d'œuf d'autruche étalé sur des tranches de miel sec, des ragoûts de fraises des bois, des crêpes cuites sur des pierres chaudes et plates, du pop-corn de maïs sauvage à la canne à sucre (qui crépitait dans des calebasses chauffées sur de la braise), des sucettes de sirop d'érable d'Océanie, des gaufres à la confiture de mangues préparées avec de la farine de marrons sauvages (broyés par les singes). Les proscrits reprirent rapidement quelques kilos ; mais leur situation restait désespérée.

– Ari, dit un soir Hector, à quoi cela sert-il de résister ? Nous ne sommes plus que deux. Nous n'avons plus faim, mais le rêve des Coloriés est presque mort. Nos frères sont tous éduqués par Casimir. Les Adulteux se prennent pour des parents véritables ! Peut-être que le temps est venu d'arrêter de zouaver, de jouétiser les objets, de turbuler en disant notre vérité.

– Je crois en mon étoile, répondit Ari, flegmatique. Un jour viendra où Casimir commettra une faute d'orgueil. Alors surviendra la réaction coloriée contre la dictature odieuse des Adulteux. Nos frères ont besoin de passer par cette épreuve, de se raconter qu'ils ne peuvent pas se nourrir eux-mêmes, pour refuser définitivement de grandir !

– Ari, tu ne doutes jamais ?

– De toi, si.

– Je suis ton ami, soupira Hector, accablé.

– Tu ne l'es pas quand tu doutes de ce que nous sommes : rien que des Coloriés ! L'enfance est notre nationalité ! Ne te trahis jamais en devenant un adulte, ou pire *un père* ! Un oppresseur traître à la cause des enfants !

– Où trouves-tu l'énergie de résister toujours ?

– Si je suis pris, ce sera un jour terrible pour les gamins du monde entier. Partout, nos frères sont dominés par des professeurs culottés, humiliés par des parents arrogants qui leur imposent leurs désirs. Si nous tombons, c'est l'unique espoir des enfants d'être délivrés de la tyrannie adultienne qui s'effondrera.

– Mais enfin… tu n'es pas responsable de tous les enfants de la planète !

– Alors qui le sera ? demanda-t-il gravement. Sur la Délivrance, nous n'avons pas d'autre mission.

A cet instant, le grand kaori dans lequel ils pique-niquaient se mit à trembler. Ari se pencha et aperçut, trente mètres plus bas, des Adulteux accompagnés de leurs élèves (d'ex-Coloriés en blouses grises) qui commençaient à prendre position pour établir un siège. Les hommes de main de Casimir venaient de repérer leur bivouac.

– Qu'est-ce que vous fabricotez ? lança Hector, inquiet, en se penchant.

– Vous êtes faits comme des rats ! s'écria Casimir qui arrivait en chevauchant un zèbre repeint en pur-sang (il avait dessiné soigneusement une selle anglaise sur le pelage de l'équidé).

– Casimir ! s'écria Ari. Je t'ordonne de me capturer !

Chacun se tut, stupéfait par cet ordre inattendu.

– Oui, répéta Ari. Je te commande de m'attraper ! Obéis-moi, cancrelat ! Je veux que tu exécutes mes instructions tout de suite ! Arrête-moi ! Et que ça saute !

Interloqué, Casimir ne savait plus quoi faire devant les Adulteux. S'il se soumettait à la volonté d'Ari, il perdait la face au beau milieu de ses troupes ; et s'il se dérobait, il loupait une occasion inespérée d'en finir avec son insolent petit frère.

– Holà, les Adulteux ! hurla Ari, très en forme. Puisque votre maître n'est pas cap de vous donner des ordres précis, écoutez-moi. Placez-vous en cercle juste au-dessous de l'arbre afin que je ne puisse pas m'échapper et envoyez-moi le plus habile d'entre vous pour me ligoter. J'exige d'être arrêté par le plus intelligent, le plus fort ! Je veux parler de Casimir lui-même !

– Ne l'écoutez pas ! protesta M. Chance junior.

– Qu'est-ce qu'on fait ? demanda Marcel à Casimir (ni l'un ni l'autre ne savaient plus quel ordre ils devaient donner aux Adulteux).

– Casimir ! cria à nouveau Ari. Tu ne vas pas me dire qu'il y a quelqu'un de plus intelligent, de plus fort et de plus habile parmi vous, hein ? Alors montre-leur l'exemple, sinon tout le monde verra que tu n'es qu'une poule mouillée ! Je t'ordonne de me capturer, vite ! J'ai horreur d'attendre !

– Tu n'as rien à m'ordonner !

– Si, capture-moi ! Tu es bien venu pour ça, non ? Alors accomplis ce que je te dis sans discuter !

– Non ! lâcha Casimir, vexé. Je ne t'obéirai pas !

– Si, en rampant ! Allez, toutou, au pied ! On obéit à papa et on aura un susucre ! Arrête-moi !

Surpris par cette insistance, les Adulteux se mirent à rire.

– Qu'est-ce qui te prend ? murmura Hector à Ari.

– La force du faible, c'est de dire ce que l'on n'attend pas..., chuchota le Gorille.

Puis Ari ajouta à voix haute, en sautant sur une branche :

– Allez, mon petit Casimir, on fait le beau et on obéit à son maître ! Et plus vite que ça, esclave ! Caniche ! Chienchien à son pépère ! Chope-moi et immatricule-moi ! Je veux être mis aux fers !

– Silence !

– Saisissez-vous d'Ari ! hurla le Gorille en imitant impeccablement la voix de Casimir. Ce garçon est dangereux parce qu'il sait jouailler et tourner en ridicule ses adversaires !

– Oui, reprit Hector en copiant à son tour le timbre nasillard du tyran et ses mimiques énervantes. Arrêtez-le, larbins, avant qu'il ne détruise mon pouvoir grotesque et abusif par la raillerie !

La foule des Délivrés se gondolait, tant et si bien que Casimir dut lever le camp pour sauver ce qui lui restait d'autorité. Encore quelques minutes de ce cirque et les Adulteux, hilares, auraient très bien pu se moquer allègrement du pouvoir de « M. Chance ». Ne suffisait-il pas d'un seul fou rire contagieux pour que s'effondre tout le système de terreur et de délation qu'il avait patiemment organisé pour régner ? Casimir se souvint à temps que c'était une vague de rigolade qui avait balayé jadis la crainte qu'inspirait Claque-Mâchoire. Le rire débridé restait le plus grand ennemi de l'autorité et de la civilisation adultiennes ! Prudent, M. Chance jugea tactique de déguerpir pour mieux revenir un jour. Mais cette fois, il s'arrangerait pour qu'Ari ne puisse pas mettre les rieurs de son côté !

8

L'agacement des *girls* montait à New York. Elles commençaient à en avoir assez de s'ennuyer ferme avec les *boys* (sous prétexte que *ça faisait adulte* de fréquenter un *boyfriend* déguisé en mari). Ras le bol des *love stories* austères et raisonnables ! A dire vrai, les Adulteux cérémonieux, exagérément polis et friands d'habitudes, n'étaient que des amoureux super casse-couilles (« enquiquinants » aurait dit jadis Hector, lorsqu'il était premier de la classe). Ces copieurs des grandes personnes *bossaient* tout le temps, n'improvisaient jamais de surprises et s'interdisaient eux-mêmes de turbuler. Ils passaient leurs journées à se peindre de fausses lunettes sur la figure et à boucler les oiseaux de la Délivrance dans des cages de bambou ! Quant aux repas qu'ils mitonnaient, ils étaient toujours sérieux : des petits pois servis avec du poisson cuit à l'eau, des épinards sans sel, des endives ébouillantées, des salsifis sauvages, que des trucs dont aucune *girl* n'avait envie !

– Mon amoureux, confia un soir Mina à Dafna, il

m'énerve quand il s'applique à être hypocrite ! Sous prétexte que les *vrais parents* doivent s'entraîner à dire des menteries aux enfants ! Soi-disant *pour leur bien* !

– C'est vrai à la fin, ça devient agaçant leur manière de tout sérieuser ! avait ajouté Julie qui aurait bien aimé qu'un galant farceur la fasse rigoler (parce que son Marcel adultisé était devenu aussi gonflant qu'un maître d'école).

– Les *boys* adulteux, ils veulent toujours que tout soit *prévisible* ! s'indigna Mina. Pas plus tard qu'hier, j'ai voulu tirer à la courte paille pour savoir qui ferait un baiser à l'autre sur la bouche en premier. Eh bien, il a refusé !

– Le bécot ?

– Non, la courte paille ! Alors j'ai proposé de ploufer *am stram gram*. Il a aussi dit non !

– Bientôt, ils voudront nous épouser en noir ! râla une autre grognonne qui s'était jointe au groupe de petites commères.

– Si ça continue, menaça Julie, ça va barder !

La révolte couvait, enflait de minute en minute. De mémoire de Coloriée, on n'avait jamais aimé de façon aussi casse-pieds sur la Délivrance ! Même les parents d'autrefois (les vrais) ne s'étaient pas autant barbés à deux (alors qu'ils étaient authentiquement mariés, eux !). Les Adulteux de Casimir poussaient le bouchon trop loin avec leurs endives et leurs salsifis.

– Qu'est-ce que t'en penses, Dafna ? demanda Mina.

– Moi, j'en pense que j'ai pas toutes vos emmerdes.

– Pourquoi ?

– Parce que je suis amoureuse d'un Colorié… qui me sert de la cuisine coloriée et qui me fait des surprises… coloriesques !

– Hector ou Ari ?

– Aujourd'hui, c'est Ari.

Jalouses, les *girls* adulteuses voulurent savoir quelles surprises Ari lui concoctait, comment le plus malicieux des Coloriés s'y prenait pour l'étonner et l'entraîner dans des aventures bidonnantes.

– Il me fait jouer *au vieux couple,* à tout ce qu'on aimerait ne jamais devenir, et ça nous fait bien rigoler !

– Ah…, soupirèrent les autres, envieuses. Et quoi encore ?

– On s'amuse à se dire des mots d'amour sans parler.

– En se taisant ? reprit Julie, interloquée.

– Oui, sans parler, rien qu'avec les yeux, et avec des sourires bourrés de sous-entendus… C'est dingue comme les coups d'œil des *boys* peuvent être bavards et flatteurs !

– Ah…, soupirèrent à nouveau les jalouses.

– Celui qui perd (en prononçant un son) a un gage : il doit dire à l'autre un poème sans mots, tout en caresses !

– Ah… tout en caresses, répéta Mina, rêveuse.

– Mais y a toujours un moment où, à force de se la boucler, on part dans un fou rire ! Alors on se tape un ragoût de fraises des bois…

– Et quoi d'autre ? demanda Julie, cramoisie d'envie.

– Ça suffit les enfantillages ! lança brutalement Marcel qui venait de rappliquer. On n'est pas là pour jouailler en couple ! Le mariage n'est pas une clownerie ou un poème ! Allez, circulez et retournez bosser ! En silence, caqueteuses ! Pintades !

La réputation d'Ari était donc au beau fixe parmi les Adulteuses. Toutes savaient que la révolte des Coloriés leur avait permis de s'éclater dans des romances excitantes dont elles se souvenaient comme d'une épidémie de bonheur. Alors que la restauration adulteuse voulue par Casimir se soldait par des repas insipides et… une glaciation sentimentale désespérante. L'abus de gravité, l'excès d'attitudes circonspectes, la manie d'être faux cul finissaient par tuer l'amour en en flétrissant les charmes ! Comment pouvait-on s'emballer pour un *boy* avec réserve, en pratiquant sans cesse l'art de la réticence ? Les *girls* étaient fatiguées de la pédagogie de la retenue que leur imposait le sinistre M. Chance, cette caricature d'adulte qui parlait peu, s'épanchait rarement et ne s'enflammait jamais.

Combien de temps encore l'ordre adulteux allait-il empêcher les garçons de romanesquer les filles de la Délivrance et inversement ? Ce scandale ne pouvait plus durer ! Chaque jour, les Délivrés murmuraient plus fort que la situation alimentaire était redevenue normale avec la fin des cyclones. Les cormorans pêcheurs pouvaient à nouveau se balader en mer. Il n'était plus nécessaire de se soumettre aux caprices de M. Chance si l'on voulait becqueter à sa faim et avec plaisir ! Hélas (surtout pour les amoureux pressés), Casimir avait eu une idée astucieuse pour faire durer le règne des Adulteux.

Afin d'éviter d'être tourné en ridicule par Ari, Casimir avait eu l'idée futée… de se moquer à son tour de son petit frère irritant ! Jaloux, il espérait liquider la réputation d'Ari avant de l'éliminer pour de bon. Leur rivalité n'avait jamais été aussi vive. Décapiter le Gorille ne suffisait pas à Casimir. Il entendait tout d'abord vexer Ari, l'humilier sournoisement et le rendre enfin dérisoire aux yeux de tous.

Perfide, M. Chance déclara donc un matin à ses élèves :

– Mesdemoiselles, messieurs, je m'engage à annuler les punitions de tous ceux qui viendront en aide à *mon frère Ari*. Ce morveux touchant s'est égaré dans des certitudes de fou. Sa détresse mentale peut-elle rester ignorée ? Notre devoir moral n'est-il pas d'aider les faibles d'esprit, les débiles charmants ?

Les Coloriés en blouses grises demeurèrent un instant silencieux. Avaient-ils bien entendu ? C'était le monde à l'envers ! Casimir voulait-il réellement *venir en aide* au Gorille qu'il trouvait soudain *touchant* et *charmant* ?

– *Mes chers Coloriés*, poursuivit M. Chance en contrefaisant de façon rigolote la voix et les attitudes d'Ari, *nous devons combattre cette étrange maladie de grandir, la passion malsaine de tout sérieuser ! Là est notre mission his-to-ri-que !*

La parodie était si réussie que les Adulteux commencèrent à s'esclaffer. Sûr de son effet, Casimir en remit une couche en imitant avec humour et cruauté les poses grotesques de son frère lorsqu'il jouait au libérateur providentiel de l'humanité enfantine :

– *Que vont nos frères d'Amérique, du pôle Nord et de Patagonie devenir ? Moi, le grand manitou de la cause des chiards, je vous le dis : si vous renoncez à jouer à saute-mouton et à vous fourrer les doigts dans le nez, le salut des bambins de l'univers est compromis. Écoutez votre messie ! Votre guide génial, roux et inspiré ! Amusez-vous à la marelle, empilez les dominos, flanquez des fessées à vos poupées, c'est essentiel pour vaincre le co-lo-nia-lisme super injuste des adultes !*

Tout le monde riait de bon cœur.

– Sérieusement, reprit Casimir, monsieur mon frère a perdu la tête. (La lui ôter pour de bon aurait tellement réjoui Casimir !) Soyons charitables avec ce pauvre enfant… Il n'est pas correct de s'attaquer à un irresponsable ! J'ai donc décidé qu'Ari pourrait dorénavant aller et venir comme il le veut à New York et dans toute l'île de la Délivrance. Quant à monsieur Hector, nul ne devra plus lui manquer de respect. Au contraire, notre devoir est de le remercier de prendre soin d'un aliéné, d'un égaré. Il aura donc double part de fruits et de gâteau s'il se présente spontanément. Faites-le-lui savoir !

– On a le droit de leur parler ? s'étonna Dafna.

– Oui, mais avec douceur, précisa Casimir. Il est moralement honteux de brusquer les simples d'esprit… Tout barjo en pleine crise de démence a droit à un traitement plein d'humanité… Ari et monsieur Hector seront même dispensés d'école.

– Ils auront droit à une carte d'identité ? demanda Salomé, la sœur de Dafna.

– Non, tout de même pas ! ricana monsieur Chance en tapotant sa cravate imaginaire (peinte sur sa pomme d'Adam naissante).

Ce changement de cap (astucieux) eut les pires effets sur Ari. On commença à lui parler gentiment (à voix basse), à le traiter comme un grand malade. Lorsqu'il évoquait la possibilité de se passer des cormorans pour se nourrir, on lui souriait au nez. On évitait de le contrarier, de l'énerver. Quant à Hector, chacun le remercia de s'occuper d'un petit camarade qui avait perdu la boule. Les Adulteux se mirent à le regarder comme un bon Samaritain et non comme le second d'un chef redoutable.

– Je suis un insoumis, un révolté de la pire espèce ! répétait Ari en colère (plus personne ne le prenait au sérieux).

– Bien sûr, mon petit Ari…, entendait-il couramment. Tu veux une banane écrasée avec du miel ? Ça te fera du bien…

– Je ne suis pas malade ! s'écriait-il alors, vexé comme un pou.

– Allons, disaient les Adulteux bien intentionnés, ne te mets pas dans un état pareil. Respire et fais des moulinets avec tes bras ! Tout le monde sait que tu es un grand vilain rebelle.

– Un insoumis ! insistait Ari.

– Oui, c'est ça, un insoumis très vilain, un révolté de la pire espèce. Respire quand même, ça te fera du bien…

– Je ne ferai pas de moulinets avec les bras ! hurlait alors Ari, excédé d'être infantilisé.

Le Gorille ne voyait plus comment sortir du piège de cette situation pas marrante du tout. Parfois, il souffrait de croiser le regard vicieux de Casimir qui jubilait sous cape en le regardant avec commisération. Enfin le frère aîné tenait sa revanche ! L'ordre adulteux semblait assuré pour longtemps. Des quantités extraordinaires d'oiseaux étaient encagées, les kangourous disciplinés marchaient presque au pas, les singes de l'île s'adultisaient. L'école fondée par Casimir dressait vigoureusement les Coloriés, leur apprenait à montrer de faux sentiments, à juguler leurs ardeurs, à contenir ou à déguiser leurs émotions réelles et à se couler dans des habitudes millimétrées. Tous consentaient à porter des cartes d'identité de papier, des lunettes fictives et même à s'appeler par leur matricule !

Mais la cause des enfants connut un brusque retour de faveur le 11 février 1984. Ce jour-là, une fille courageuse et exaspérée en eut assez des amours sages que lui proposaient les *boys* adultisés. Gourmande de belles histoires, elle rêvait d'inconséquence, de jouailleries amusantes et de surprises qu'Ari, moralement ratatiné, ne lui offrait plus.

10

Dafna n'était pas contente du tout. La déprime d'Ari l'avait privée du seul garçon qui sût l'entraîner dans des tribulations amoureuses foldingues (Hector n'était pas assez cinglé pour cela). Les Adulteux, eux, s'appliquaient à l'ennuyer, lui débitaient des déclarations sans fièvre et lui promettaient un avenir éternel dont elle n'avait que faire. Ce qu'elle voulait, Dafna, c'était s'enivrer d'un présent trépidant, se goinfrer d'instants inoubliables. Pas une seconde, elle n'envisageait de vieillir avec un *boy* défraîchi. Avide d'éphémère et de turbulences (mot qui signifie *déconnades* en français culotté), elle ne se voyait pas péricliter tranquillos aux côtés d'un débris voûté.

Le 11 février au soir, Dafna (très dépitée) fut abordée par Casimir (très austère) au pied d'une cabane-ciel de New York. Raide comme un adulte bien domestiqué, M. Chance entendait lui faire la cour dignement. Fagoté façon croque-mort, Casimir s'était peint sur la peau une queue-de-pie noire. Un modeste ajout de feuilles de bananier taillées en pointe permettait de dissimuler ses fesses.

– Matricule 69, lança-t-il à Dafna avec un air coquin, avez-vous remarqué que mon matricule est le 96 ? L'exact inverse du vôtre ! N'y voyez-vous pas un signe ?

– Si, grogna Dafna, le signe qu'on est totalement opposés !

– Ne dit-on pas que les contraires s'attirent ?

– Je ne supporte pas qu'on m'appelle *matricule quelque chose*, vu ?

– Montrez-moi votre carte d'identité, mademoiselle…

– Je ne suis pas mon poids, ni ma taille, ni même ma date de naissance. J'suis rien que Dafna !

– J'ai pensé que nos matricules inversés pourraient s'unir au moyen d'un honnête contrat de mariage, rédigé sur papier en écriture adultienne, sans faire de fautes.

– Eh bien, tu as mal pensé, zizi peureux…

– Un mètre soixante-cinq, cinquante-huit kilos, je vous aime !

– Je t'ai déjà dit de ne pas m'appeler par mon poids ni par ma taille. Je suis Dafna !

– Dafna Sofia née le 11 février 1971, fille de Rosamonde Sofia née Finky et de Louis-Charles Sofia, je vous aime ! Voulez-vous aimer Casimir Chance né le 2 décembre 1968, lui-même fils de M. et Mme Chance ?

– Sincèrement ?

– Non, sérieusement !

– Sérieusement, Casimir, tu ne me fais pas rire.

– Je vous propose d'associer nos matricules, de mêler nos habitudes, de vous mettre légalement à mon nom, d'éprouver l'un pour l'autre un attachement régulier et loyal en nous obligeant à vivre ensemble et vous me répondez… *tu ne me fais pas rire !*

– Hé, les filles ! s'écria Dafna, moqueuse, en rameutant ses copines. Vous savez quoi ? M. Chance me propose *d'associer nos matricules, de mêler nos habitudes, de me mettre légalement à son nom et…* quoi d'autre, déjà ?

– D'éprouver l'un pour l'autre un attachement régulier et loyal en nous obligeant à vivre ensemble. Le mariage adulte, quoi !

– Ça vous fait rêver, vous ? demanda Dafna à ses amies.

Outrées, les *girls* se turent ; et ce silence plein de dégoût fut éloquent. Mina attrapa un fruit trop mûr et le balança de toutes ses forces sur la figure arrogante de Casimir. Stupéfait, il tituba. Alors ce fut la curée. Les grappes de filles agglutinées dans les branches de New York jetèrent en direction de Casimir tout ce qu'elles avaient sous la main : cahiers d'écriture, vraies chaussures (trop grandes), carnets de rendez-vous (en feuilles de bananier séchées), que sais-je encore, en poussant des *Hou Hou* d'indignation. Les *girls* ne voulaient plus être aimées raisonnablement. Elles entendaient vivre des rêves et découvrir mille désirs qu'elles ignoraient encore. Entraînés par leur spontanéité courageuse, les *boys* se mirent également à lapider le tyran avec des petits miroirs de poche. Même Marcel se lâcha ; lui aussi était fatigué de ne plus jouer aux billes et aux dés, ses deux passions. Soudain, plus personne n'eut peur des Cafteurs qui n'avaient maintenu l'ordre adulteux que parce que tout le monde avait la trouille d'être dénoncé par les autres.

Craignant soudain pour sa vie, Casimir recula, tenta de faire face en proférant quelques menaces terribles ; puis il prit la fuite dans la forêt au moment même où Ari surgissait, attiré par le vacarme. Monté sur son zèbre bariolé (qu'il avait toujours refusé de peindre en cheval de selle), le Gorille saisit tout de suite ce qui s'était passé, s'avança et leva la main pour demander le silence.

– Coloriés ! lança-t-il sur un ton de chef. Vous aviez la dalle, vous avez accepté d'être réduits en esclavage pour becqueter. Je vous ai compris ! Et je vous pardonne !

La foule d'enfants et d'adolescents l'ovationna avec ferveur. De toutes parts fusèrent des applaudissements. On lui envoya des fleurs qui dégringolèrent de New York comme une pluie de couleurs. Dans la foulée, les Délivrés ouvrirent toutes les cages de bambou : des centaines d'oiseaux colorés s'envolèrent autour d'eux. Leurs plumes bigarrées se mêlèrent aux pétales brassés par le vent. Ari demanda à nouveau que le vacarme cesse et dit en saisissant un flambeau (pour allumer un brasier) :

– Jetez dans ce feu toutes les lois écrites, tous les règlements et vos cartes d'identité de papier ! Brûlez aussi vos chaussures d'adulte !

Un à un les Coloriés s'approchèrent des flammes et se débarrassèrent de leurs sinistres papiers d'identité. Les matricules et tout un lot de renseignements chiffrés (poids, longueur du pif, etc.) partirent en fumée. Les règles fixées avec des mots froids d'adultes furent brûlées en vrac. Porté par l'enthousiasme, on incendia également les cahiers d'école, les bureaux et les chaises des classes (équipées de fers). Chacun sentit bien que les congés à perpétuité venaient de recommencer. On allait enfin pouvoir zouaver, becqueter de la cuisine désadultisée, bavarder à tire-larigot, brailler ses émotions et s'amuser de tout ! La mutinerie coloriée ne pourrait plus jamais être remise en question. Alors, formant une ronde spontanée, les Délivrés se mirent à chanter et à danser autour du feu de joie.

IV

DE SI LONGUES GRANDES VACANCES

1

Le lendemain, Ari tint une réunion sur la place centrale de Coloriage. Comment allait-on désadultiser la vie dans l'île ? Fatigués des délires de Casimir, les Délivrés voulaient jouir de tout et faire entrer leur petit monde dans de perpétuelles grandes vacances. Pour bien signifier qu'aucun sujet ne serait écarté des débats, on s'était peint sur la figure de grands points d'interrogation rouges. Les questions du cœur, surtout, passionnaient les filles (normal, vu que c'étaient des *girls*). Elles tenaient à ce que les histoires d'amour des Coloriés demeurent toujours romanesques et palpitantes. Dafna, Mina, Salomé et les autres suggérèrent d'interdire illico tout ce qui sérieusait les garçons (se faire dessiner des lunettes de premier de la classe sur le visage, par exemple). Elles ne voulaient plus entendre parler de la vie de couple de leurs parents ni copier leurs tristes usages (roupiller tous les soirs dans le même plumard, regarder la télé à deux, etc.).

– D'abord, proposa Dafna, il faut empêcher les *boys* d'avoir d'autres buts que de faire rêver les *girls* !

– Charmer les filles, ça pourrait être leur vrai métier, n'est-ce pas ? lança la petite Salomé qui aimait bien John.

– Ils n'auraient pas le droit de ne pas nous rendre folles d'amour ! s'exclama Mina. Sinon, on leur collerait des amendes… ou des fessées s'ils sont mignons !

Magnanime, Ari donna satisfaction aux revendications des Coloriées à qui il devait une fière chandelle. Il fut donc décidé que *ne pas faire rire les filles* serait dorénavant illégal, un crime honteux passible de punitions terribles. Le Gorille ordonna aux Rapporteurs (priés de réintégrer leurs fonctions) de veiller à la stricte application de cette loi vraiment agréable pour les *girls*.

Ari décréta que la réalité et l'imaginaire auraient désormais une valeur équivalente. Raconter à une nénette comment on souhaitait l'emballer ou le faire pour de bon, ce serait pareil ! Imaginer un voyage fabuleux ou l'effectuer sur terre reviendrait exactement au même. Le journal *Arc-en-Ciel* pourrait donc à nouveau mélanger les nouvelles vérifiées et les infos bidons (pourvu qu'elles soient excitantes). Personne ne serait plus frustré de rien puisqu'il suffirait aux Coloriés d'imaginer un événement (ou de jouer à *on dirait qu'on serait*) pour que tout le monde considère qu'il avait eu lieu.

Ari annonça à son peuple que chacun aurait enfin le droit d'être parfaitement déraisonnable et incohérent ! Ce droit super important garantissait aux Délivrés la possibilité d'être vraiment soi ; car on ne peut demeurer sincère si l'on ne s'autorise pas à être à la fois timide et crâneur, gentil et chieur, poilant et triste. Ari tenait beaucoup à cette idée (qui choquait Casimir). Les Coloriés ne seraient des gens authentiques et ne vivraient la totalité de leurs désirs – souvent incompatibles – que s'ils s'octroyaient cette liberté-là ! Les garçons applaudirent les premiers ; car il ne leur déplaisait pas d'être en même temps fidèles et très cavaleurs. Les filles se joignirent à eux… pour les mêmes raisons !

Naturellement, le *travail* fut supprimé, les habitudes condamnées haut et fort et l'argent prohibé. Cependant, Ari (influencé par Marcel) voulut bien reconnaître une monnaie : les dés. Il lui semblait nécessaire d'attester la valeur particulière des objets dont la *jouabilité* était flagrante (et sympathique). Un bilboquet vaudrait donc désormais plus qu'un arrosoir en fer. De même, une cuillère pourrait valoir davantage qu'une pièce d'or, puisqu'on avait toujours la possibilité d'en faire une catapulte de poche. Quant aux pelles, on leur attribua sans peine une valeur incroyable, vu qu'elles étaient d'un grand secours pour bâtir des châteaux de sable.

Afin d'éviter des tracas inutiles, Ari jugea astucieux d'interdire les lois écrites, les contrats de mariage et, d'une manière générale, toutes les règles rédigées (même en rébus). On aurait ainsi le loisir de déclarer une chose et son contraire sans avoir l'obligation de respecter des règlements stables.

– Au nom du peuple colorié, lança Ari avec entrain, je déclare les emmerdes illicites ! Les casse-pieds seront bannis et les tristounets ridiculisés ! Tout enquiquineur sera condamné à l'isolement. On ne jouera plus avec lui !

– Je peux en placer une ? demanda Dafna.

– Oui.

– Moi je me goure souvent dans les conjugaisons. On ne pourrait pas gommer aussi le passé et le futur comme on avait décidé ? Comme ça, nos grandes vacances dureront toujours puisqu'on va se la couler douce dans un présent sans fin !

– La nostalgie est abolie ! s'écria Ari, enthousiaste. L'usage du passé et du futur annulé ! Quand on décide un truc, désormais ça n'engage plus l'avenir ! On n'est plus liés par nos paroles !

– On est donc en *année 0*, conclut fort judicieusement Hector (qui avait été autrefois le premier de la classe).

Les grandes vacances s'annonçaient bien ; sauf que le cas épineux de Casimir n'avait pas encore été réglé. Caché au fond de la forêt, M. Chance restait un péril pour la jeune civilisation coloriée. Quel sort les Délivrés allaient-ils réserver à ce renégat ? Casimir, orgueilleux et très mauvais perdant, était-il capable de se soumettre à Ari ? Pouvait-il se convertir à l'enfance ?

2

En exil à l'autre bout de l'île de la Délivrance, M. Chance junior avait emporté avec lui une montre déglinguée, un miroir de poche (deux objets interdits à Coloriage), sa carte d'identité (qui indiquait son matricule, le n° 96) et une authentique cravate de tissu qu'il nouait à même sa peau (par-dessus le costume gris qu'il s'était peint sur le corps). Attaché aux habitudes adulteuses, Casimir s'obligea à se nourrir de petits pois, d'endives cuites à l'eau et d'épinards sans sel. Il continua à se dessiner sur le visage une grosse paire de lunettes qui achevait de lui donner un air réfléchi et risible. Quand il s'adressait à un chimpanzé ou à un kangourou en goguette, il vouvoyait systématiquement l'animal en lui donnant du *monsieur* ou du *madame*. Son quotidien n'était qu'une enfilade de rituels qu'il observait avec une ponctualité maniaque, malgré sa solitude. Dès qu'il le pouvait, il capturait les oiseaux pour les boucler dans des cages ; cette passion de geôlier – héritée de son père – était sa seule joie.

Casimir restait donc fidèle à la mémoire de ses parents.

Il était même le dernier dans l'île à cultiver le souvenir de cette époque lointaine où d'authentiques adultes avaient régné sur la terre isolée de la Délivrance. Ce temps-là lui apparaissait comme un âge d'or où il avait eu la chance d'être *l'enfant préféré* d'une famille adultisée qui le choyait. Nostalgique, Casimir ne parvenait pas à oublier *sa chère petite maman* (bien que Mme Chance eût été, il faut bien le dire, une sacrée vipère !) et les goûters frugaux qu'elle lui préparait jadis. *Son cher papa* (une canaille injuste et cruelle) demeurait son autre dieu.

Il était donc hors de question pour Casimir de se constituer prisonnier et d'abdiquer ses ambitions. Adulteux jusqu'au bout des ongles, il demeurait obsédé par le projet de nuire à Ari, ce faux frère qui avait osé trahir ses vrais parents. Il se mit donc à concocter un plan (aussi tordu que lui) pour rétablir l'ordre adulteux.

M. Chance avait noté que la petite Salomé (la sœur de Dafna) ne parvenait pas à se consoler de la perte de ses parents. Recroquevillée dans le lit superposé qu'elle partageait avec sa grande sœur, elle réclamait sa mère tous les soirs et ne trouvait le sommeil qu'avec beaucoup de mal.

– Tu crois qu'elle reviendra, maman ? demandait-elle en sanglotant chaque nuit.

Personne ne savait comment la guérir de sa peine.

L'idée de Casimir était de profiter de la nostalgie incurable de Salomé pour s'en faire une alliée, ou plutôt une complice. Avant toute chose, il lui fallait rompre son isolement, retrouver au plus vite des troupes pour renverser Ari.

Un beau matin, M. Chance se rendit donc à l'endroit de la rivière où Salomé avait l'habitude de venir faire boire son kangourou apprivoisé. Casimir l'appela pour ne pas l'effrayer :

– Hou hou ! fit-il en s'approchant.

– Qu'est-ce que tu fabricotes là ? répliqua-t-elle, méfiante, en s'abritant derrière son marsupial.

– J'ai une lettre de ta mère, répondit Casimir, le rusé.

– De… de maman ? bredouilla-t-elle.

– Oui.

– N'approche pas ! C'est un piège !

– J'ai reçu ce courrier qui t'est adressé par pigeon voyageur, expliqua-t-il en exhibant une feuille de papier.

Immobile, à une dizaine de mètres de la frêle Salomé, Casimir commença à lire la fausse lettre :

– *Ma petite Salomé adorée, cela fait plus de quatre ans que je ne t'ai pas embrassée et tu me manques horriblement. Notre bateau a coulé, mais ton papa et moi avons survécu. Nous sommes les seuls survivants de ce naufrage. Je t'aime de tout mon cœur et t'annonce que nous serons bientôt réunis.*

Salomé avait beau être soupçonneuse, elle ne pouvait s'empêcher d'écouter cette missive qui lui disait exactement ce qu'elle désirait entendre. Mais soudain la petite fille eut un éclair de lucidité.

– C'est pas une vraie lettre ! s'écria-t-elle. C'est toi qui l'as écrite ! T'es méchant !

– Puisque tu le prends sur ce ton…, rétorqua Casimir en soupirant. Il ne me reste plus qu'à brûler le message de ta maman qui te donnait rendez-vous. Au revoir.

Habilement, il fit mine de s'éloigner.

– Casimir ! cria Salomé, soudain affolée. Qu'est-ce qu'elle me dit, maman ?

– Je ne vais pas te lire la suite si tu penses que je suis un menteur.

– J'ai dit ça comme ça mais j'le pensais pas.

– Tu as confiance en moi ?

– Oui, qu'est-ce qu'elle me dit, maman ?

– Tu as vraiment confiance en moi ?

– Oui.

– Alors pourquoi viens-tu de m'insulter ?

– Je le regrette. Ne pars pas !

Satisfait de sa manœuvre odieuse, Casimir s'avança vers elle et poursuivit sa lecture :

– *Ma petite Salomé, ne parle surtout pas de cette lettre à Dafna. Tout ceci doit rester un secret entre nous. Quand je reviendrai avec papa dans un mois, nous ferons une bonne surprise à Dafna.*

– Un mois, ça fait combien de dodos ?

– Trente nuits. Mais attends, ce n'est pas fini : *J'espère que tu as été sage pendant mon absence, que tu as bien travaillé à l'école et que tu as été très obéissante. N'oublie pas que je t'interdis de fréquenter les voyous de l'île comme Ari Chance, ce sale petit chenapan.*

A bientôt. Je t'embrasse de tout mon cœur d'adulte. Maman.

– Dans trente dodos..., répéta Salomé encore sous le choc.

– Dans trente dodos, ta mère et ton père te flanqueront une sacrée raclée s'ils s'aperçoivent que tu n'as pas été sage pendant leur absence...

– Qu'est-ce qu'il faut que je fasse pour me racheter ? demanda la fillette, soudain docile.

– M'écouter attentivement.

3

A califourchon sur les épaules d'un garçon déguisé en Zorro, Salomé se rendit jusqu'à Coloriage. Elle était résignée à exécuter à la lettre les directives de Casimir. Bien entendu, c'était lui qui s'abritait ainsi sous elle, le visage masqué de noir et enveloppé dans une cape. Le duo s'engagea vers la place centrale où circulaient quelques ados qui baladaient des cerfs-volants, une flopée de *girls* coquettes et une cohue de carrioles tirées par des zèbres (ou des autruches). Plus loin, des funambules de quinze ans traversaient la rue principale sur des fils tendus. Tout ce petit monde zigzaguait, se courait après, jouait à chat, gigotait en se faisant des farces, tirait la langue, tournicotait autour des jambes des girafes en se mêlant aux nombreux lémuriens facétieux. Chacun portait des vêtements peints bariolés qui tranchaient avec les costumes sombres de l'époque des Adulteux. Un carnaval de couleurs ! Mais le plus frappant restait l'ahurissante similitude de comportement de tous ces jeunes d'âge différent. Tous sarabandaient en produisant un vacarme

extraordinaire où se mêlaient piaillements, interjections, cris et bruitages divers. Un déluré déboula en trombe d'un bar – rebaptisé *Au Bon Goûter* – en enchaînant des pirouettes arrière (c'était John). Il avait l'air repu, car dans cet établissement on servait de l'authentique cuisine coloriée.

– *Hello*, lança-t-il à Salomé, il fait beau, ne fait-il pas ?

– Où il est Ari ?

– En train de se marier avec... avec qui déjà ?

– Mina ?

– Non, je crois que c'est avec cette *bloody* Dafna, n'est-ce pas ?

– Encore !

– Eh oui, ça les amuse...

Zorro prit aussitôt la direction de l'église peinturlurée dont on ouvrait justement les grandes portes. Casimir avait manipulé Salomé pour pouvoir s'approcher d'Ari. Personne ne se méfiait de la petite sœur inoffensive de Dafna ! La noce enjouée débordait sur le parvis. Les mariés parurent au moment précis où Salomé fit irruption, toujours juchée sur Casimir masqué. Zorro sortit alors de sa cape noire un pistolet (le six-coups piqué à Napoléon) et le pointa vers le marié. Ari était au bras de Dafna qui croulait sous une énorme robe de mariée végétale en fleurs fraîches. Salomé eut alors la trouille pour sa sœur. Elle cogna dans le revolver au moment où le coup partit et réussit à le dévier. Ari eut la vie sauve. En un instant, les Coloriés terrassèrent Zorro et le plaquèrent au sol.

Avec sang-froid, le marié s'approcha de l'individu masqué qui avait tenté de le supprimer et arracha le bandeau.

Le visage de Casimir apparut en plein soleil.

L'assistance poussa un *Oh !* de surprise.

M. Chance junior se redressa et ôta sa cape. Il portait l'uniforme des Adulteux (costume cravate). Lui seul était en noir dans cette foule écarlate.

– Oui, c'est moi qui ai tiré, déclara crânement Casimir. Jamais je ne resterai un enfant, na !

– Tu veux grandir ? lui demanda Ari, narquois.

– Oui, répondit-il.

– Alors je te condamne à grandir effectivement, à t'encroûter, à devenir un adulte prévisible, traversé par des envies mesurées. Tu n'as plus le droit de jouailler !

– Pardon ? fit l'autre, surpris.

– Cette peine est pour moi terrible, un châtiment pire que la mort. Alors tu vas te transformer en adulte sous nos yeux, afin que tout le monde voie bien ce qu'il ne faut jamais devenir !

4

Casimir avait été condamné à vivre sur la scène du théâtre municipal, pour que chaque Colorié pût bien mater le ridicule de la vie adulte. Roué, le rebelle accepta cette peine sans rechigner, en pensant qu'Ari commettait une erreur de lui fournir une tribune. Quelle faute majeure de le placer devant un public qu'il aurait tout le temps de convertir à ses idées !

M. Chance s'installa donc sur la scène. On lui aménagea une chambre ouverte à tous les regards. Il déclara que le vestiaire (rempli de costumes d'adultes) serait désormais le sien et commença illico à *bosser dur.* L'idée de Casimir était de capter l'attention des Coloriés en leur faisant découvrir les métiers d'autrefois. Avec application, il se mit à jouer (sans se rendre compte qu'il jouait) au juge, au médecin, au boulanger, au policier, etc. ! L'assistance lui fournissait des partenaires enchantés de se prêter à des jeux de rôles.

Mais rien ne se passa comme Casimir l'avait prévu : plus il mimait les professions des parents avec sérieux plus le public se gondolait. Les Coloriés riaient comme des cornichons de voir de supposées *grandes personnes* qui se forçaient elles-mêmes à répéter des activités casse-pieds. Pourquoi ces gens-là (les parents) s'infligeaient-ils une punition pareille ? Mais le plus rigolo aux yeux des Coloriés était de constater que ces prétendus majeurs consacraient une grande partie de leur temps à cacher qu'ils étaient en réalité animés par des désirs d'enfant.

– C'est pas vrai ! répliqua un jour Casimir (déguisé en policier).

– Si, fit Mina en opinant du bonnet, on voit bien que ça t'excite de te faire obéir avec un sifflet !

– Non, je fais ça rien que pour assurer l'ordre public !

– Tu parles ! C'est comme quand tu joues au juge, on a bien vu que ça te fait super plaisir d'avoir des grands pouvoirs.

– C'est pas vrai du tout !

– Tu sais ce qui nous fait bien marrer ? gloussa Hector. C'est que tu répètes *C'est pas vrai*, au lieu de dire *Oui ça m'excite vachement d'avoir du pouvoir et de contrôler tout le monde !* Parce qu'en fait, on sait tous que c'est super cool de dominer les autres ! De leur filer des ordres !

– C'est vrai, ajouta Mina, quand tu joues au prof, pourquoi t'avoues jamais des trucs du genre *Ça me fait jouir à donf d'avoir le dernier mot et de passer pour le gars qui sait tout* ?

– J'suis pas un crâneur ! protesta Casimir.

– Ou quand tu fais le médecin, lança Hector, t'as qu'à dire *C'est génial d'être regardé comme un sauveur et extra d'écrire des ordonnances parce qu'on peut écrire n'importe quoi dessus : les gens obéissent comme des pantins !*

– Je ne joue pas au prof, au juge ou au médecin ! brailla Casimir en trépignant. Je suis vraiment un adulte qui exerce des professions respectables et utiles ! J'ai grandi, moi !

– On dirait que les z'adultes ils z'ont honte d'être encore des z'enfants..., zozota une fillette. Du coup, ils sont poilants, les z'adultes ! Moi je vas revenir z'ouvent au théâtre pour me poiler à donf !

Casimir était atterré. Il décida donc de ne plus singer les métiers et de se cantonner à jouer des rôles de parents (les chimpanzés tiendraient la place des mouflets à éduquer). Mais il déclencha autant de fous rires, vu que les pères représentés par Casimir déclaraient tout le temps des trucs impossibles.

– Tu devrais *être content* que ton papa et ta maman te fassent faire des siestes pour que tu sois en forme ! lança un jour Casimir à Gaston (un singe coopératif qui passait par là). Allez, cesse de faire la tête ! Souris un peu !

Toute la salle éclata de rire, vu qu'en bonne logique on ne peut pas ordonner à quelqu'un *d'être content*. Ou on l'est spontanément ou on ne l'est pas ! Les parents semblaient obsédés par l'idée farfelue de dicter des émotions et des sentiments précis à leurs enfants (*Tu devrais aimer ton petit frère et être un peu plus gentil avec lui*, ou *Excuse-toi sincèrement*, ou encore *Avec tout ce que je fais pour toi, tu devrais m'être reconnaissant !*). Ces répliques absurdes et désopilantes provoquaient des déferlantes de rires dans la salle municipale.

Casimir faisait donc un triomphe. Le théâtre de Coloriage ne désemplissait pas. Mais M. Chance en était désespéré. Les Coloriés ne rappliquaient pas pour l'admirer ou l'approuver mais bien pour se payer sa tête. Voir des adultes en quasi-liberté leur paraissait un spectacle hautement comique.

Dérouté, M. Chance était à présent obsédé par une interrogation : le monde des Culottés était-il peuplé d'adultes authentiques ou de vieux gamins déguisés en grandes personnes ? Peut-être que l'âge adulte n'existait pas et que l'enfance était la seule réalité ! Mais alors, pourquoi tant de soi-disant majeurs cachaient-ils leur véritable identité ? Casimir devait bien admettre que les parents qu'il avait connus étaient mus en partie par des attentes de gosse : être récompensé, recevoir de belles médailles, rafler un maximum de plaisirs, etc. Pour des raisons obscures, les Culottés s'en défendaient, justifiaient leurs actes par des discours raisonnables et pas drôles du tout ; mais en réalité, presque tous étaient restés des morveux avides, détestant pardonner, des chenapans capricieux et souvent méchants. Lui-même, Casimir, que faisait-il d'autre que de marcher sur leurs traces en *jouant au majeur* ? Au fond, peut-être n'était-ce que cela, l'âge adulte ? Un jeu terrible d'enfant !

Fatigué de purger sa peine, Casimir sombra peu à peu dans une mélancolie noire. La vie se révélait sans perspective, dès lors que l'enfance devenait une réalité dont on ne pouvait pas s'échapper ! Casimir ne voulait plus mimer l'adultie jusqu'à sa mort, rester coincé dans un présent perpétuel et demeurer l'objet des moqueries continuelles des Coloriés. Alors, il devint bizarre, *un peu étrange* disaient les gentils, *complètement fada* lâchaient les méchants.

Quand il croisait un Colorié, Casimir bondissait en poussant des cris de yeti. Déconcerté, Ari finit par aller lui demander pourquoi il glapissait de cette façon.

– J'essaye de réveiller les autres et toi ! répondit Casimir.

– On n'est pas des somnambules ! rétorqua Ari, surpris.

– Si, surtout toi. J'en ai marre de vivre dans ton rêve qui est un cauchemar pour moi. Alors, si j'arrive à te réveiller, le cauchemar s'arrêtera et je disparaîtrai.

– Où ?

– De ce cauchemar, j'te dis. Je voudrais devenir réel, ne plus être un personnage de ton rêve.

– T'es pas un peu barjo ?

– Réveille-toi, Ari !

– Casimir, tu ne vis pas dans ma tête. Reviens sur terre et ouvre tes mirettes, tu es bien réel.

– Non, mais je suis prêt à l'être… Réveille-toi, Ari !

– Tu veux que je te donne une preuve que t'es réel ? Dans aucun de mes rêves, je n'ai imaginé que tu étais en train de me dire *réveille-toi !* Donc ça ne vient que de toi !

– Je souhaite me réveiller loin d'ici…

Casimir déraillait totalement. Chaque jour il allait répétant la même chose : comment pouvait-il réveiller les Coloriés pour que cesse l'affreux cauchemar dans lequel il se trouvait coincé ? Tout le monde avait beau tenter de le raisonner, Casimir paraissait persuadé qu'il n'existait pas. Dafna eut alors une idée :

– S'il quitte l'île, il verra bien chez les Culottés qu'il n'est pas dans notre rêve. Et qu'il existe pour de vrai !

– Et s'il nous dénonce aux adultes ? objecta Ari.

– Il est tellement fada que personne va le croire ! répliqua Hector.

– Il est *definitively* cinglé, confirma John. N'est-il pas ?

– Moi, fit Mina en plaisantant, j'ai rêvé que les *boys* de l'île me paradisaient tous les soirs en me confiturant des compliments. Sauf Casimir ! Ça prouve qu'il n'est pas réel du tout !

– Casimir, lança Petit Jean, c'est un… Je vais le dire en charade et ma charade est en rébus ! Mon premier fait penser à un mégaprout de chauve-souris, capable de les faire planer longtemps. Mon second…

– Arrête ! Moi je donne ma langue au chat…

Après d'interminables palabres truffées de chamailleries, de charades zoologiques et de jeux de mots, les Coloriés acceptèrent de confier une barque équipée d'une voile à Casimir : il était libre de retourner à Pitcairn. Personne ne jugeait convenable de contraindre un givré à rester parmi eux !

Le lendemain de cette décision, Casimir fut escorté sur le rivage. On lui remit une boussole, un pique-nique (afin qu'il puisse goûter pendant la traversée) et une panoplie complète d'adulte (un costume de policier trouvé dans le vestiaire du théâtre), histoire de faire bonne impression en débarquant chez les Pitcairniens. On ploufa pour choisir le Colorié qui effacerait les dernières traces de couleur sur le visage de Casimir (un reste de point d'interrogation). La ploufe tomba sur Dafna qui le nettoya à contrecœur (elle détestait gommer les points d'interrogation). Tandis que la barque s'éloignait en direction de l'île des Révoltés du *Bounty*, Ari déclara en pleurant :

– C'est vraiment un détraqué, Casimir !

Perdre son frère ennemi le bouleversait soudain.

– Il ne croit pas aux histoires…, déplora Hector.

– … ni qu'on peut se nourrir avec des galets peints, ajouta Mina.

– Ou faire descendre les filles des arbres rien qu'en leur racontant des *good stories* ! ricana Marcel.

– Ou que le temps c'est qu'une menterie qu'on a eu raison d'abolir !

– Ce mangeur d'endives est *definitively* dingue ! s'exclama John.

– N'est-il pas ? demanda Ari en s'essuyant les yeux. Oui, il l'est.

– Sans lui, on va bien mieux se récréationner ! conclut Dafna.

Sur son esquif, hors de portée des Coloriés, Casimir soupira enfin. Jamais il n'avait été frappé de folie ; mais il n'avait pas trouvé d'autre ruse pour fuir cette île de chenapans. De toutes ses fibres, Casimir aspirait à devenir un véritable *monsieur*, à se décolorier le caractère (même s'il était impossible d'y parvenir tout à fait). Continuer à subir les humeurs de cette bande de zouaves versatiles était au-dessus de ses forces ! Casimir Chance entendait s'engager dans une vie raisonnable, laborieuse ! Savourer des haricots verts ! Se couler dans des usages routiniers et établir des relations stables avec des individus secs, cohérents, fiables et sans émotions ! Si l'âge adulte véritable n'existait pas, il devait bien se trouver à New York ou ailleurs une société grise, reposante, capable de lui proposer une existence répétitive, dénuée d'emballements et de poésie. Seule cette perspective lui procurait une joie totale.

Plein d'espoir, Casimir disparut à l'horizon.

5

Le temps avait cessé de s'écouler sur la Délivrance (puisqu'il était désormais interdit de le mesurer). Une statue d'Ari à l'âge de dix ans fut érigée sur la place centrale de Coloriage, afin que son apparence restât figée pour l'éternité (tout le monde se fichait bien qu'il fût devenu un colosse). Les Coloriés surfaient désormais sur un présent sans fin, ou plutôt s'amusaient à déguster chaque instant comme s'il avait été le dernier. Cette situation particulière permettait de fêter les anniversaires ou Noël le jour où l'on souhaitait faire de cette occasion une super surprise ; alors qu'autrefois Ari avait répondu avec lassitude aux questions énervantes sur sa date de naissance :

– C'est le 18 janvier, comme d'habitude…

Passionnés de mécanique, les Coloriés « astuciens » bricolèrent toutes sortes d'appareils. On vit apparaître dans l'île d'ahurissants modèles de Machines à être en vacances (il fallait dépenser des efforts extraordinaires pour les régler) qui ravirent ce peuple d'estivants. Puis on trouva sur les étals des échoppes des engins comiques destinés à faire glousser les filles (machines assez performantes) et des inventions formidablement inefficaces pour se déplacer (tractées par des tortues). Vint alors la mode des machineries conçues pour détruire les habitudes. D'autres engins (truffés de dés à jouer) furent créés afin d'introduire davantage de hasard dans la vie zigzagante des Délivrés.

Les « jouétiseurs » transformèrent peu à peu chaque objet de l'île en jouet. Ils entendaient jouailler de tout ! Les fourchettes furent recyclées en catapultes et les assiettes reconverties en Frisbee (d'honnête qualité). Les mauvais bouquins furent considérés comme des stocks d'avions de papier (non encore pliés).

Les billets de banque servirent de bombes à eau (le papier filigrané est tout à fait adapté à cet usage en raison de son excellente étanchéité). Les clés furent converties en osselets, les dentiers des parents de jadis en farces et attrapes, les mappemondes en ballons. Tout y passa : du crucifix au cure-dent, en passant par les étoiles de David, très utiles pour fabriquer des baguettes magiques de vraie fée. On détourna jusqu'aux lunettes de chiottes qui fournirent d'excellents paniers de basket, sans oublier les pipes (dont on fit des flûtes).

Les « futiliens » s'employèrent à dédramatiser les situations les plus douloureuses. Un jour, Petit Jean perdit son singe préféré (le fidèle Gaston), terrassé par une crise cardiaque au cours d'un fou rire interminable (les chimpanzés avaient appris à éclater de rire au contact des Coloriés). Napoléon, un futilien virtuose, aida Petit Jean à traverser son chagrin et ses crises de larmes en parodiant pendant plusieurs saisons les grimaces du sympathique Gaston. Pour l'occasion, Napoléon s'était même fait peindre sur le corps un pelage de chimpanzé. Puis, un sale matin, Petit Jean mourut à son tour de tristesse, car il n'avait au fond jamais accepté la disparition de son père, l'ex-juge de l'île. Une célèbre futilienne, Julie, l'amoureuse motivée de Marcel, donna alors une postérité à l'humour de Petit Jean en imitant sa voix à la perfection. Il ne subsista du fiston du juge que sa drôlerie, qu'on entendit longtemps encore résonner dans les fêtes de la Délivrance. Il devint même difficile

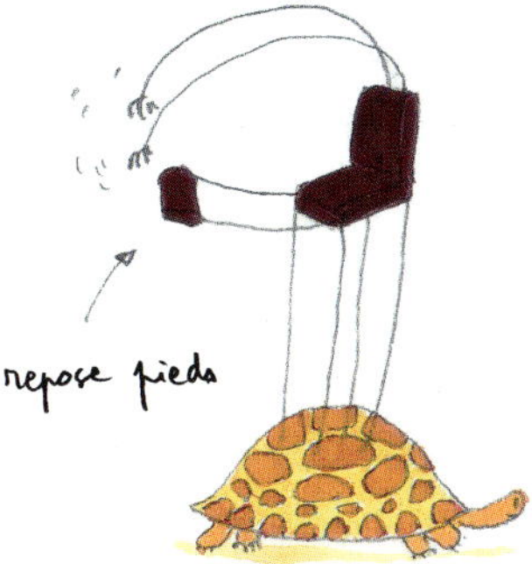

machine à chatouiller
les plantes de pieds

machine à applaudir

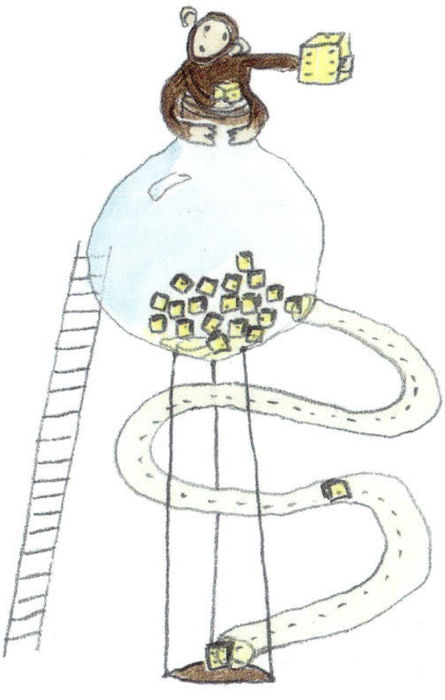

jeu de hasard

d'évoquer ce défunt en présence de Julie sans finir par hurler de rire !

Mais l'amusement favori des Coloriés restait le *jeu amoureux*.

Surprendre les filles était à n'en pas douter l'activité principale des *boys*. Ils développaient des stratégies insolites pour dérouter les *girls* qui, elles, préféraient se la couler douce dans les branches des arbres en se laissant courtiser. Toute la société coloriée paraissait tournée vers cette sorte de divertissement ; alors que les Culottés, eux, ne pensent aux filles qu'après avoir travaillé, lavé leur voiture réelle, regardé la télé-qui-dit-la-vérité et acheté des choses non jouétisées dans les magasins.

Hector (l'ancien premier de la classe, une tête) s'était spécialisé dans les comportements illogiques astucieux pour attirer l'attention des filles. Un soir, Mina s'était dessiné sur le corps une tenue qui l'avait ébloui et rendu fou d'elle. En bon tacticien, Hector s'était alors mis à éviter Mina de façon *visible*. Dès qu'elle surgissait, il la regardait avec panique et disparaissait. Lorsqu'il ne pouvait pas fuir, il s'approchait d'elle, s'asseyait à ses côtés et regardait fixement dans une autre direction en se taisant. Il n'en fallut pas plus pour donner à Mina une furieuse envie de communiquer avec Hector ! Mais ce dernier (un vrai filou) s'était employé à *ne pas lui donner rendez-vous,* avec des phrases inversées du genre :

– Mina, nous *n'avons pas* rendez-vous ici même, demain soir au coucher du soleil pour zouaver ensemble. Je *ne t'ai rien dit* et t'assure que je *n'ai pas remarqué* ta joliesse. Je *n'ai donc aucune intention* de te romancer.

Puis il avait détalé !

Naturellement, Mina s'était pointée le lendemain au coucher du soleil, le cœur palpitant ! Fin stratège, Hector n'était passé par là qu'avec retard en reluquant toutes les autres filles, sauf Mina… Par la suite, il avait épousé cette dernière à trois reprises (après avoir refusé avec véhémence de se marier, alors que Mina ne le lui avait même pas demandé !). Les ruses illogiques super captivantes, c'était le grand truc d'Hector.

John, lui, était un formidable comédien, comme la plupart des Australiens de l'île ; aussi s'était-il passionné pour une pratique étrange… mais pas bête : *les histoires d'amour à l'envers*. Il commençait par embrasser une fille sur la bouche, en la surprenant. Puis il lui proposait de remonter le cours de leur *love story*, jusqu'à leur première rencontre. Ensemble, ils imaginaient alors tout ce qu'ils auraient pu traverser avant d'en arriver à ce baiser !

Sa plus belle histoire d'amour à l'envers, John l'avait jouée avec Salomé. Après s'être roulé une sacrée pelle dans les branches d'un kaori, ils en étaient descendus à reculons, comme dans un film projeté en marche arrière. Puis ils s'étaient retrouvés *Au Bon Goûter,* le bar central de Coloriage que fréquentaient également les singes et les kangourous. Attablés, Salomé et John s'étaient promis de ne plus se revoir.

Ensuite (c'est-à-dire avant), ils avaient eu l'idée de se baigner nus (entendez sans peinture sur le corps) dans l'onde de la rivière. Sur la berge, ils s'étaient juré de ne plus se fréquenter pour conserver intact l'éblouissement de leur passion naissante. Et ainsi de suite (ou plutôt *et ainsi de source*)… En remontant les étapes de leur romance, Salomé et John s'étaient engagés chaque fois à mettre un terme à leur flirt ! Bien entendu, tous deux s'étaient révélés incapables de respecter leurs serments ! Quel pied de craquer… Quand ils arrivèrent enfin à la scène de leur coup de foudre, John et Salomé se trouvaient plus excités que lors de leur premier baiser ! Mais comme ils étaient censés se rencontrer, ils maintinrent entre eux une distance de circonstance qui attisa encore leur envie de s'embrasser.

On le voit, l'amour était bien le jeu préféré des Coloriés. Toujours prêts à frivoler leurs sentiments, ils ignoraient les sérieuseries qui barbent les couples d'adultes. L'inéluctable se produisit donc : à force de grandir sans mûrir et de jouer à s'aimer, les Coloriés finirent par avoir des bébés. Mais aucune fille n'eut même l'idée de se considérer comme *une maman* culottée et aucun garçon ne prétendit *être père*. Bien qu'ils eussent désormais des morphologies d'adultes, les Coloriés se considéraient comme des gamins qui avaient d'autres enfants – des égaux – et non comme des parents assurés de leur supériorité. Chacun considéra qu'il n'y avait sur la Délivrance que des frères et sœurs ou des amoureux. C'est ainsi que les partisans d'Ari se débarrassèrent du fardeau de la filiation et de ses complications agaçantes.

Les premiers temps, les lémuriens femelles aidèrent les filles et les garçons à prendre soin des bébés ; mais très vite, dès qu'ils surent marcher, les minots devinrent incroyablement autonomes (à nos yeux). Nourrie au lait de singe et par des cormorans, la jeune génération coloriée montra que l'on peut devenir soi sans se soumettre à des adultes énervants. Les *adulenfants* qui avaient connu la révolte de 1980 et les mouflets qu'ils avaient mis au monde présentaient des comportements identiques. Tous trottinaient plus qu'ils ne marchaient, détalaient pour un oui ou pour un non, gigotaient sans cesse et piaillaient avec furie. Quand on contrariait les Coloriés (de toutes tailles), ils pleuraient énormément ou se mettaient en colère. Les choquait-on ? Les petits et les grands rougissaient comme des tomates ! Ressentir des émotions brutes leur était naturel. Ils ne pouvaient pas se retenir de clamer leur vérité,

aussi gênante fût-elle. Constamment, ces galopins recherchaient dans les événements l'angle cocasse, l'occasion d'être espiègles et de farcer un bon coup. On ne sait si ces gens turbulents étaient heureux, car leurs chagrins étaient parfois prodigieux ; mais ils manifestaient une gaieté et un appétit de vivre extraordinaires. Chaque matin, les loupiots insolents comme les coquins de vingt-cinq ans entamaient leur journée avec avidité alors que tant de grandes personnes d'Occident se lèvent à regret.

Au fil des saisons, une civilisation d'enfants authentiques s'affirma donc sur l'île de la Délivrance, à l'écart du monde adulte. Les Coloriés, eux, n'étaient pas remplis de passé, ce poison qui fait tant de mal aux majeurs. Seule Salomé semblait atteinte par la terrible maladie de la nostalgie. Lambine en tout (on la surnommait Petite Vitesse), elle n'était jamais parvenue à surmonter sa condition d'orpheline. Son corps était certes devenu celui d'une jeune femme, mais cette indécrottable petite fille rêvait toujours des tendres câlins de sa maman. Le sourire de son papa lui manquait affreusement. Il n'était pas rare de la voir éclater en sanglots, la main crispée sur un vieux doudou. Pour signifier sa morosité (et qu'on lui fiche la paix), elle se peignait souvent sur la peau des ciels nuageux. Salomé souffrait de ne pas savoir ce qu'il était advenu de ses parents. S'étaient-ils noyés dans la tourmente du cyclone de 1980 ? Ou l'avaient-ils abandonnée pour de vrai ?

Cependant, le cas de la sœur de Dafna restait isolé. Les autres Coloriés paraissaient ravis de ne plus subir les peurs et les désirs tyranniques de leurs parents. Quel bonheur d'avancer librement dans une existence aventureuse qui était véritablement la leur ! La mode était alors de se dessiner des soleils sur le torse, pour afficher sa bonne humeur ! Tout se passait pour le mieux dans le plus jouable des mondes quand arriva une mésaventure qui frappa les imaginations : un mystérieux *adulte masqué* surgit, animé d'intentions vengeresses. Tous les Délivrés en furent saisis de panique. A Coloriage, on eut soudain le sentiment que les très grandes vacances touchaient à leur fin.

6

Ce jour-là, entre 1985 et 2003 (peu importe puisqu'on ne comptait plus les années depuis longtemps), eut lieu un grand match de cavalcade, le sport national des Coloriés. La cavalcade était un jeu de bagarreurs, une sorte de polo pour pirates imaginé par les *boys* de l'Australian Circus. A la place de montures en os et en muscles, les joueurs chevauchaient des bâtons qui arboraient des dessins de tête de cheval (de pur-sang si possible). La qualité de l'effigie faisait celle du canasson supposé. L'uniforme à damier de chaque équipe était peint sur la peau des participants, tous des costauds (même les *girls*). Les bottes d'équitation imaginaires étaient dessinées sur les jambes nues des joueurs. Le seul élément réel de leur panoplie était un long maillet de bois qui permettait de frapper la balle blanchie constituée par… le crâne de Claque-Mâchoire !

Le match s'annonçait bien. Dafna montait avec fierté une jument qui se réduisait à un bambou piaffant, orné d'un joli croquis. De bonne humeur, elle ne ménageait pas sa peine pour produire des *piticlops* nerveux en faisant claquer sa langue. Quelques échauffements avec un maillet de bois de santal – les plus performants – lui avaient permis de se dérouiller le poignet et de s'assurer de la vigueur de son pur-sang fictif. Ravissante, Dafna pénétra en bombant la poitrine sur le terrain bordé de cocotiers, sous les vivats de la foule coloriée. Les *clac-clac* des Machines à applaudir crépitaient. Ces appareils – dotés de deux mains en bois animées par des engrenages et une grande manivelle – permettaient d'applaudir les matchs sans s'échauffer les paumes. Dans les tribunes officielles trônaient Ari, Hector et une escouade de Rapporteurs. Hector était désormais leur chef. Il y avait également quelques *girls* peintes en blanc. Leurs corps laiteux indiquaient qu'elles se considéraient comme des filles invisibles. L'équipe de Dafna, celle des Astuciens, était composée de sept galopins musclés, de deux bébés capables de marcher, auxquels s'ajoutaient cinq adulenfants et quatre singes vigoureux. Les dix-huit Astuciens chevauchaient des bâtons de belle allure, trottinaient en se dandinant et trépignaient en attendant le premier engagement. Leur livrée à damier blanc et rouge leur donnait un chic ultracolorié.

Dafna salua Marcel, capitaine de l'équipe des Farciens qui venaient de faire irruption sur le terrain. Leurs supporters agitaient des drapeaux à damier vert et blanc, les couleurs des Farciens. Prudent, Marcel avait décroché la place de capitaine de l'une des plus célèbres équipes de cavalcade pour mieux faire oublier son passé trouble (ce faux-jeton avait été l'un des principaux collaborateurs de Casimir). Ce qui n'était pas bête, vu que les joueurs de cavalcade jouissaient d'un prestige incroyable.

Maillet en main, Dafna et Marcel s'apprêtaient à disputer cette partie avec tout le sérieux qu'un minot peut dépenser dans un sport. En authentiques Coloriés, les Farciens et les Astuciens semblaient ne pas douter qu'ils talonnaient des chevaux réels. Ari siffla le début de la partie et jeta le crâne de Claque-Mâchoire au milieu du terrain. Le premier choc des deux équipes fut terrible. On eût dit une échauffourée de corsaires qui se battaient à coups de maillet. Trois adulenfants, frappés en pleine figure, chancelèrent. Sans délai, des équipes d'infirmières aguerries (quasi nues mais peintes en blanc) accoururent pour ramasser les blessés, tandis que les deux formations à damiers se regroupaient pour compter leurs bleus et se redonner du courage. Dans le public, on tournait à toute vitesse les manivelles des Machines à applaudir. Les mains sculptées en bois s'entrechoquaient avec force.

Dafna et Marcel se faisaient face silencieusement, prêts à bondir l'un contre l'autre avec une fureur de chenapans. Troublé, Ari disparut un instant des tribunes.

Alors arriva un incident qui surprit tout le monde. Marcel poussa un cri et s'effondra sur le sol, touché à la tête par un projectile qui venait de l'assommer. Dafna ramassa le gros galet qui l'avait atteint (sans doute lancé à la fronde) et lut ce qui était écrit dessus :

Ceux qui ont trahi la cause des adultes
seront punis ou ridiculisés.
Signé : l'Adulte Masqué.

Ari s'approcha, jeta à son tour un coup d'œil sur la pierre et déclara, indigné :

– Ce n'est pas écrit en rébus. Il y a un verbe conjugué au futur et c'est signé d'un nom qui ne trompe pas. L'un d'entre nous est resté fidèle aux valeurs des adultes ! Il y a un Judas parmi les Coloriés ! Un traître à la cause des enfants !

Un frémissement de terreur parcourut la foule bigarrée. Depuis la disparition de Casimir, tout le monde croyait le péril adulteux écarté et la vieille querelle entre les enfants et les grandes personnes enterrée. Inquiets, les Coloriés se mirent à murmurer, à se soupçonner les uns les autres. Il y avait parmi eux un mouton noir, un fourbe dont le cœur était resté attaché aux parents, un renégat capable de relancer la guerre civile qui avait ravagé l'île lorsque New York et Coloriage s'étaient affrontées !

Ari leva la main pour obtenir un peu de calme et martela sur un ton de chef :

– Le scélérat doit être démasqué ! Je missionne

Hector pour qu'il enquêtrouve le bandit, le vilain qui veut nous renvoyer à l'école ! Coloriés, on ne va pas se laisser décolorier ! J'vous jure que la cavalcade va rester not'sport national !

L'assistance nombreuse applaudit frénétiquement.

Hector s'avança et demanda avec un air de filou :

– Qui a vu Casimir ? S'il est de retour, faut me le cafter ! Et vite ! Avant qu'il trouve des complices !

Personne n'avait aperçu l'ennemi national numéro un. Aucune trace de Casimir n'avait été relevée dans l'île. L'enquête démarrait mal. Dans le trouble général, la partie de cavalcade fut interrompue. L'ambiance n'était plus à la rigolade. Marcel se réveilla, apprit ce qui lui était arrivé et fut soulagé d'avoir été la première victime de l'Adulte Masqué (sinon, on l'aurait certainement soupçonné en premier !). Élégante, Dafna déclara qu'elle offrait la victoire aux Farciens parce que *c'est pas du jeu d'attaquer en douce un capitaine ennemi.* Les Coloriés applaudirent ce joli geste, mais l'humeur n'était vraiment plus à la fête.

Ari paraissait tracassé. Il suffisait d'un seul rebelle pour que le cauchemar d'une restauration adulteuse se remette à danser dans les esprits. L'affaire était sérieuse. Les épidémies ne démarrent-elles pas à partir d'un seul petit virus agressif (on pourrait même dire *tête à claque*) ? Il fallait qu'Hector mette rapidement la main sur le terroriste mystérieux et un brin farceur qui cherchait à déstabiliser la société coloriée.

7

Tout le monde craignait d'être puni… mais surtout ridiculisé par l'Adulte Masqué ! Cette dernière menace inquiétait tout particulièrement les *boys*, très chatouilleux sur le chapitre de la fierté. Les moqueries et les railleries ironiques blessaient à vif leur orgueil enfantin. L'Adulte Masqué devait le savoir puisque son forfait suivant tourna en ridicule… l'enquêteur lui-même !

Hector et ses Rapporteurs (talonnés par Cornélius, leur nouveau chef) ne laissaient rien au hasard. Ils vérifiaient l'emploi du temps de chacun, recoupaient les alibis, examinaient en détail le cas des bons lanceurs de cailloux, surtout ceux qui excellaient à la fronde. Cette piste leur paraissait prometteuse, même si elle menait à une impasse évidente. En effet, le meilleur envoyeur de galets à la fronde, au lance-pierre ou à la main ne pouvait en aucun cas être le félon recherché par tous les Rapporteurs de l'île !

Un matin, les Coloriés trouvèrent sur la porte de l'église l'avis suivant rédigé en écriture adulte :

AVIS AUX COLORIÉS

Hector n'est qu'une couille molle et une intelligence en panne. En panne complète parce qu'en remontant la piste des envoyeurs de galets, ce balourd est arrivé au seul Colorié qui ne peut pas être moi : Ari Chance, le roi de la fronde ! Une couille molle parce que cette mauviette d'Hector n'a pas osé arrêter Ari ! Vu ses dispositions pour la connerie et la lâcheté, j'autorise tous les Coloriés à remplacer le nom d'Hector par les expressions suivantes : « Couille Molle », « Crétin du Pacifique », « Cerveau spongieux », « Trouillard Maritime » ou « la Voix de son Maître ».

Signé : l'Adulte Masqué

P.-S. 1 : puisqu'il faut tout lui dire, recommandons à Hector de continuer à chercher du côté d'Ari, afin qu'il persévère dans sa débilité !

P.-S. 2 : si Ari fait retirer l'affiche par Cornélius, méfiez-vous ! C'est qu'il est réellement suspect !

Tous les lecteurs de l'affiche en rigolèrent comme des radis. Dafna, blagueuse en chef du journal *Arc-en-Ciel*, décida même de la traduire en rébus et d'en faire la une de son canard. Le tirage s'énormisa aussitôt. Hector (désormais surnommé Couille Molle, la Voix de son Maître ou plus simplement le Crétin) dut cesser les investigations qui aboutissaient à Ari. Ce qui n'avait guère de sens, il est vrai. Vexé, il se coltina une solide réputation d'abruti et de chienchien de son maître qui l'incitait à désobéir. Quant à Ari, il jugea prudent de laisser l'affiche en place, afin de ne pas s'attirer les soupçons des Coloriés. Le dernier post-scriptum, très habile, ne lui laissait guère la possibilité de s'en débarrasser. Tout cela acheva d'irriter Hector et de scandaliser Cornélius, dangereux fanatique de la cause des enfants. Seul face à l'adversité, Hector ne se sentait pas soutenu par Ari. De toute évidence, l'Adulte Masqué était expert dans l'art d'humilier les gens et d'effriter les alliances les plus solides. Chacun crut déceler dans cette manœuvre la patte de Casimir, toujours prompt à se montrer retors et futé…

Les jours suivants, les Coloriés trouvèrent dans les rues de leur petite ville des affiches qui commentaient de façon taquine et caustique l'enquête menée par Hector. Toutes étaient signées l'Adulte Masqué (il ne désignait plus Hector par son prénom mais par un titre grotesque dont il se serait bien passé : le Roi des Ânes). Chacune des initiatives du Roi des Ânes était persiflée, brocardée avec malice ; et chaque raillerie était reprise en première page d'*Arc-en-Ciel*. Dafna avait saisi que cette histoire fouettait l'imagination des Coloriés. Mais comment l'Adulte Masqué était-il informé du détail des pistes suivies par les Rapporteurs ? Ce diable semblait au courant de tout !

Courageux, Hector poursuivait ses recherches minutieuses avec une rage décuplée et l'aide maniaque de Cornélius. L'Adulte Masqué était devenu son adversaire personnel ! A force de perquisitionner, de relire chaque bribe de papier, de passer au peigne fin les fonds de tiroir, Cornélius tomba sur une vieille lettre de la mère de Dafna qui prouvait qu'elle avait eu jadis une liaison secrète et durable avec… M. Silhouette, l'abominable Claque-Mâchoire ! Aussitôt, Cornélius confia cette lettre à Hector qui en conclut que l'ex-instituteur pouvait fort bien être le véritable père de Dafna et de Salomé ! Bien qu'il fût paralysé ! Cette hypothèse, pourtant non vérifiée, conduisait à penser que les deux sœurs étaient peut-être restées fidèles à leur père naturel et donc à la cause des Culottés.

Bien entendu, la découverte fut rendue publique dès le lendemain par une affiche de l'Adulte Masqué qui félicitait le Roi des Ânes pour son obstination et tournait en ridicule ses conclusions hâtives. Avec drôlerie, il faisait remarquer que *ses nombreux enfants dans l'île* n'étaient pas tous devenus des supporters du parti adulteux ! Cette affiche apprit à tout le monde que l'irritant adversaire d'Ari (de plus en plus populaire, car il récréait les Coloriés) était bien un *boy* qui avait aimé de nombreuses *girls* de la Délivrance. La nouvelle émut beaucoup les filles de plus de quinze ans, troublées d'avoir peut-être embrassé à leur insu le malveillant qui entendait rétablir l'ordre adulte !

Hector s'arrachait les cheveux ou plutôt la tignasse car sa coiffure était toujours en pétard. Il ne savait plus dans quelle direction fouiner. Mais une autre personne avait mené une enquête parallèle et discrète pour le compte de son journal : c'était Dafna. En se piquant au jeu excitant de l'investigation raisonnée (et secrète, ce qui la mettait à l'abri des sarcasmes de l'Adulte

Masqué), elle en était arrivée à une conclusion ahurissante, impubliable, explosive même ! Son enquête s'était alors focalisée sur les mobiles compliqués du coupable qui, disons-le tout de suite, n'était pas l'ignoble Casimir. En rébus, Dafna écrivit trois questions qui, si on y répondait avec perspicacité, aboutissaient toutes au même prénom :

– Qui avait intérêt à ce que quelqu'un fasse tout pour renverser Ari ?

– Qui tirait profit du discrédit actuel d'Hector ?

– Qui s'amusait le plus depuis que l'Adulte Masqué s'était manifesté ?

8

– Je sais que c’est toi…, murmura Dafna.

Ari se retourna et répliqua avec flegme :

– … qui gagneras ? Bien sûr que je vais finir par attraper l’Adulte Masqué !

– Non.

– Tu doutes de ma victoire ?

– Non, parce que l’Adulte Masqué, c’est toi ! Si tu me dis toute la vérité, je ne cafte rien dans *Arc-en-Ciel.*

Ari hésita un instant et dit en souriant, avec une bouille de gamin espiègle :

– Comment l’as-tu compris ?

Dafna répondit alors en imitant la voix d’Ari et en contrefaisant ses mimiques à la perfection :

– D’abord c’est jouissif d’être incohérent ! Gentil et méchant à la fois… Et pis j’ai besoin d’un ennemi à ma taille pour m’éclater ! Depuis la disparition de Casimir, je m’ennuie. Sans crapules, la vie des bons gars est moins drôlette…

– Ça c’est vrai ! Et pis…

– … *Hector commence à faire l’important*, poursuivit-elle en empruntant le timbre et les intonations d'Ari. *Cette histoire rabat le caquet de ce petit frimeur ! Non mais, je ne vais tout de même pas le laisser voler le beau rôle ! Là il est ridiculisé, et c'est bien fait pour sa pomme !*

– Je n'ai pas été trop salaud avec lui..., plaida Ari. Le Roi des Ânes, ce n'était pas une vraie méchanterie. Casimir, lui, aurait fait pire !

– *Pour rester le chef, il me faut un super danger !* continua Dafna (toujours très convaincante dans le rôle d'Ari). *Sans péril, on n'a plus besoin de chef. L'idéal, c'est un danger contrôlable, donc de le fabriquer soi-même !*

– Comment t'as tout devinetté ? Même Cornélius n'y a vu que du feu !

– Je te fais une charade ou tu donnes ta langue au chat ? demanda Dafna en redevenant elle-même.

– J'donne ma langue au chat.

– Comme dans les histoires de bandits, expliqua Dafna, j'me suis demandé *A qui le crime profite ?* Casimir, ça se peut pas, parce qu'il est foldingue. Et comme t'es le plus joueur de l'île, c'est forcément toi le marionnettiste !

– Mais je n'ai pas fait ça juste pour rigoler, ajouta Ari en laissant des larmes couler sur ses joues. J'ai la pétoche...

– De quoi t'as peur, Ari ?

– Qu'y en ait qui grandissent malgré tout, qui se sérieusent en douce, qui désapprennent à jouer. Dès qu'un Colorié commence à avoir du poil aux pattes, j'tremble qu'il croie plus aux histoires, qu'il veuille crâner en mimant la vie des grands, des Culottés quoi.

– Mais les Rapporteurs veillent… ne veillent-ils pas ?

– Oui, mais c'est vite fait de se décolorier… Regarde, y en a toujours qui se croient obligés de protéger les tout-petits. Si on ne les en empêche pas, ils vont devenir des parents ! C'est vite arrivé de se croire supérieur ! De s'imaginer *qu'on sait mieux qu'un minot ce qu'est bon pour lui…*

– T'as si peur que ça qu'on tourne mal, adultes j'veux dire ?

– Oui, fit Ari en reniflant. Alors, dans ma petite caboche, je me suis dit qu'il faut rappeler aux Coloriés que les grandes personnes, c'est rien que des Culottés qui veulent nous obliger à être cohérents, raisonnables, et nous imposer leurs désirs ! De toutes leurs forces ! Répète-le dans *Arc-en-Ciel* !

– Y va devenir quoi l'*Adulte Masqué* ? coupa Dafna.

– Une sorte de loup qu'on voit jamais, un yeti, une légende. Quand un Colorié fait le sérieux ou le prudent, faut juste y dire : *Fais gaffe, sinon l'Adulte Masqué va venir te manger ! Ou se payer ta tête, si vraiment tu n'es pas gentillet…*

– N'empêche que…, fit Dafna avec gravité.

– Quoi ?

– Salomé veut savoir si nos parents sont crevés ou s'ils se baladent en Europe. Elle n'en peut plus de douter !

– T'as qu'à lui baliverner une histoire…

– Elle veut connaître la vraie histoire de nos parents, comme nous tous.

– Y a plus de parents ! se fâcha tout rouge Ari.

– Pouce ! Avec moi, tu ne peux pas faire le coup de l'Adulte Masqué. On veut tous savoir exactement ce qui s'est passé avec les parents sur le bateau.

– Qu'est-ce que tu vas faire ? demanda Ari, très inquiet.

– Aller chez les Culottés, pour y mener ma petite enquête. Y faut qu'on arrête de devinetter, qu'on sache pour de vrai ce que sont devenus les papas et les mamans.

– Il n'en est pas question ! répliqua Ari.

Contrariée, Dafna éclata en pleurs à son tour.

– Et si les adultes apprennent notre secret ? reprit Ari. Que sur la Délivrance, on s'est débarrassés d'eux ! On va devenir quoi ? Tu t'imagines qu'ils vont nous laisser nous la couler douce ?

– J'sais tenir ma langue, moi, renifla Dafna en essuyant les énormes larmes qui coulaient sur ses joues.

– T'es une *girl*, oui ! Rien qu'une pie ! Une journaliste !

– Non, Ari, j'suis cap de me la boucler. Et pis ce n'est pas joli de parler des *girls* comme ça. Moi aussi j'peux les réciter les ridiculeries des *boys* !

– N'empêche que si tu vas chez les adultes, c'est *risky* pour les Coloriés, n'est-ce pas ?

– Si tu veux m'obstacler Ari, moi aussi j'peux t'obstacler parce que maintenant je l'ai devinetté ton secret et j'suis blagueuse en chef d'*Arc-en-Ciel* ! On se tient par la barbichette !

– Dafna, c'est pas du jeu de me tenir comme ça ! protesta Ari.

– Je ne te chantage pas, j'te rappelle la vérité.

– Serpent ! G…

– *Girl* ? C'est ça que tu voulais dire ?

– Non c'était *garce* que j'avais sur le bout de la langue…

– J'aime mieux ça, coyote…

– Laisse-moi jusqu'à demain. Faut que je réflexionne tout ça.

– Moi aussi, conclut Dafna. J'suis une *girl*, mais je pense. Sale *boy* !

Ari passa une très mauvaise nuit. En grand secret (il faisait en douce des encoches sur le tronc d'un grand kaori), il avait calculé que le monde des adultes était entré dans l'année 2003 depuis quelques lunes. Même si son comportement était celui d'une galopine, Dafna avait bien *trente-deux ans* aux yeux des Culottés. Or Ari se doutait bien qu'à cet âge, aucune femme adultisée ne ressemblait aux Coloriées. En effet, rares étaient les mamans d'autrefois capables de jouer au Yo-Yo avec virtuosité ou de clamer leur vérité sans retenue ni pudeur. Aucune ne tombait de sommeil sur place à l'heure de la sieste ou ne s'asseyait partout (sauf sur des chaises). Totalement désinhibée, Dafna embrassait les garçons sur la bouche quand ça lui chantait et chialait à la moindre contrariété. Elle se ferait repérer illico dès qu'elle poserait un orteil en territoire adulte ! Sa conduite dissipée était à n'en pas douter celle d'une fillette délurée de neuf ans (l'âge de Dafna en 1980, lors de la disparition de son papa et de sa maman).

Ari redoutait que les Culottés ne prennent Dafna pour une zinzin, une simplette attardée et qu'ils ne l'enferment ! Dans un vieux bouquin, il avait lu autrefois que les adultes bouclaient les barjos dans des *asiles*, des sortes de zoos humains sans visiteurs. Ari était certain que si Dafna racontait l'histoire véritable des Coloriés aux adultes, aucun ne jugerait ses propos vraisemblables, vu que les Culottés ne croient que ce qu'ils s'attendent à croire. Les seules oreilles susceptibles de trouver crédible une histoire pareille étaient celles des enfants des Culottés. Mais comme ceux-ci ne disposaient d'aucun pouvoir réel (les minots d'Occident n'étaient-ils pas des citoyens *mineurs* ?), le danger était mince de s'attirer des gros tracas. Et si des écoliers prenaient les déclarations de Dafna au sérieux, les adultes s'en moqueraient illico, par réflexe ! Aux yeux des parents, tout ce que les gamins considéraient comme valable paraissait aussitôt dérisoire, *bon pour les enfants*. Ainsi fonctionnait l'univers hautain des grandes personnes… toujours prêtes à disqualifier la parole des *sous-hommes* que sont les rejetons des sociétés culottées !

Le lendemain matin, Ari annonça donc à Dafna :

– Si t'es cap de retrouver la trace des parents, vas-y !

– J'suis cap, parce que Salomé elle est trop triste. Et tout le monde a le droit de connaître la vérité.

– Tu n'as pas la trouille ?

– De quoi ?

– D'aller jouailler chez les adultes ?

– Pourquoi je devrais avoir peur ?

– Elles sont malsaines, les grandes personnes.

– Ne t'inquiète pas, Maximus me protège.

– Maximus ?

– Mon chien imaginaire, il vient avec moi.

– Ne zouave quand même pas trop. Ne zigzague pas pour te déplacer et assieds-toi que sur des chaises, pas par terre ou sur les tables. Imite les Culottés, histoire de passer incognito. Pour ton grand voyage, je t'ai préparé une valise d'adulte…

Ari ouvrit un bagage de cuir qui avait appartenu jadis à ses parents. Il en sortit une robe de tissu, puis des bijoux réels ainsi qu'un sac à main de dame respectable. Le sac en velours à clochetons un tantinet ridicule contenait des trésors de Culotté : un véritable

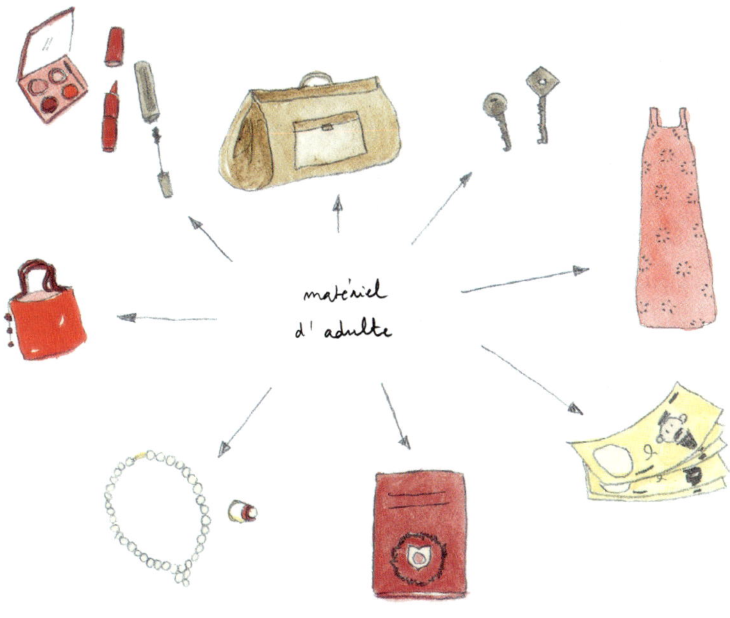

faux passeport dessiné par Ari lui-même, cinq gros billets de banque d'apparence authentique confectionnés à partir de feuilles de manguier coloriées, quelques morceaux de métal qui avaient l'air de vraies clefs (nul n'en avait l'usage sur la Délivrance mais *ça faisait indéniablement adulte* de les détenir), un épais carnet de rendez-vous inutilisable (en bois sculpté) et de la peinture à l'eau pour se maquiller en vraie femme. Ainsi équipée, Dafna pourrait aisément se faire passer pour une Culottée ordinaire. Le sac à clochetons, surtout, leur semblait un accessoire indispensable.

– Tu crois qu'il faut que je me peinturlure des lunettes carrées sur la figure ? demanda Dafna, anxieuse.

– Pourquoi ?

– Pour passer incognito ! C'est toi qui me l'as demandé…

– Non, je ne pense pas que ce genre de peinture sérieuse soit nécessaire. En revanche…

Ari s'arrêta quelques secondes.

– En revanche quoi ? reprit Dafna.

– Répète ça souvent. *En revanche*, ça sonne super adulte.

– En revanche quoi ? s'impatienta Dafna.

– Il faut à tout prix que tu te dessines une montre sur le poignet avec deux belles aiguilles, parce qu'une vraie grande personne, ça ne vit pas comme nous *tout de suite*. Ça vadrouille entre le passé et le futur ! Sur un fil tendu qu'est le présent !

– Entre le passé et le futur…, répéta Dafna, un peu larguée.

– Et pis… Là-bas, n'oublie pas que t'es une enfant, lâcha Ari, la gorge serrée. Déguise-toi en Culottée mais n'en deviens jamais une vraie !

– Promis juré. Croix de bois, croix de fil de fer, si je grandis je vais en enfer !

Émus, les Coloriés escortèrent Dafna jusqu'à la grève. Au bord de l'île, là où finissait l'enfance, on lui avait préparé une embarcation de fortune assez solide pour rejoindre Pitcairn. Vêtue de sa robe de vraie femme, Dafna grimpa à bord du petit voilier en emportant sa valise de majeure. Son allure eût été celle d'une trentenaire charmante et banale si Dafna n'avait pas été coiffée comme une écolière : des couettes souples remuaient de part et d'autre de sa frimousse de coquine !

– N'oublie pas que t'es une Coloriée…, répéta Ari, juché sur son zèbre (en pleurnichant un peu). Continue toujours à jouétiser ! A zouaver ! A baliverner !

– Je fais juste un petit tour chez les Culottés. Je me récréationne, j'enquête sur la vérité et je reviens farcer avec vous !

Un godelureau dénommé Harold offrit à Dafna un boomerang pour lui signifier que le peuple colorié attendait son retour de pied ferme ; ce qui donne la mesure de l'émotion ambiante (vu que le minuscule Harold était déjà célèbre pour sa radinerie). Les Délivrés présents la saluèrent avec effusion ainsi que les singes agglutinés et les kangourous en goguette. Milady couina en lui témoignant une tendresse animale. Ari et tous les garçons avec qui elle avait joué au mariage étaient là, pâlichons d'émotion.

Portée par la brise, Dafna s'éloigna de l'île à bord de son petit bateau aux airs de gros jouet. Sur la voile se détachait nettement un point d'interrogation rouge. Cinglant vers le grand large, Dafna fut saisie par une émotion neuve à la fois désagréable et délicieuse : la nostalgie. Au moment où elle quittait le rivage de l'enfance, elle eut soudain envie de sangloter. De grosses larmes se mirent à perler sous ses paupières. Avec pour seule escorte un chien imaginaire (le fidèle Maximus), l'ambassadrice des Coloriés était en route vers l'âge adulte. Mais qu'allait-il lui arriver dans l'univers injuste, mystérieux et plein de chausse-trapes des Culottés ?

En passant derrière la ligne d'horizon, Dafna bascula brusquement dans un autre monde. Par-delà les mers, un grand amour l'attendait, aussi majeur qu'une passion de mineur.

(Suite dans le tome II, *Le Secret des Coloriés*)

ALEXANDRE JARDIN

L'AUTEUR

Alexandre Jardin est né en 1965 sur une île. Il vit dans une cabane depuis 1988 et élève ses enfants en complète liberté. Chez lui, le petit dernier fait la loi.

INGRID MONCHY

L'ILLUSTRATRICE

Ingrid Monchy, diplômée de l'école des Arts décoratifs de Strasbourg, a illustré de nombreux ouvrages pour la jeunesse. Elle vit actuellement à Montreuil.

Mise en pages : Karine Benoit

Loi n°49-956 du 16 juillet 1949
sur les publications destinées à la jeunesse
ISBN 2-07-057406-7
Numéro d'édition : 15908
Dépôt légal : janvier 2006
Imprimé en France par Pollina - n° L99274